Hans Sachs

Prosadialoge

Hans Sachs: Prosadialoge.

Die Prosadialoge erschienen als einzelne Flugschriften 1524 während der Reformantionszeit.

Veröffentlicht von Contumax GmbH & Co. KG
Berlin, 2010
http://www.contumax.de/buch/
Gestaltung und Satz: Contumax GmbH & Co. KG
Druck und Bindung: Books on Demand GmbH, Norderstedt

ISBN 978-3-8430-6086-8

Inhalt

Der erste Dialog 7
    Disputation zwischen einem Chorherrn 7
Der zweite Dialog 25
    Ein Gespräch von den Scheinwerken 25
Der dritte Dialog 37
    Ein Dialogus, des Inhalt ein Argument 37
Der vierte Dialog 53
    Ein Gespräch eins evangelischen Christen 53
Der fünfte Dialog 67
    Ein wünderlicher Dialogus und neue Zeitung 67
Der sechste Dialog 71
    Ein Pasquillus von dem Schloß zu Plassenburg 71

Hans Sachs

Ein wünderlicher Dialogus
und neue Zeitung

Der erste Dialog

**Disputation zwischen einem Chorherrn
und Schuchmacher, darin das Wort Gottes
und ein recht christlich Wesen
verfochten würd.**

Ich sage euch, wo diese schweigen, so werden
die Stein schreien. (Lucae 19.)

Schuster: Bonus dies, Köchin!
Köchin: Semper quies! Seid willkumm, Meister Hans!
Schuster: Gott dank Euch! Wo ist der Herr?

Köchin: Er ist im Sommerhaus. Ich will ihn rufen. Herr, Herr! Der Schuchmacher ist da.
Chorherr: Ah, beneveneritis, Meister Hans!
Schuster: Deo gratias!
Chorherr: Was, bringt Ihr mir die Pantoffel?
Schuster: Ja, ich gedacht, Ihr wärt schon in die Kirchen gangen.
Chorherr: Nein, ich bin hinden im Sommerhaus gewest und han abgedroschen.
Schuster: Wie, hond Ihr gedroschen?
Chorherr: Ja, ich han mein Horas gebet und han all mit meiner Nachtigall zu essen geben.
Schuster: Herr, was hand Ihr für ein Nachtigall? Singt sie noch?
Chorherr: O nein, es ist zu spat im Jahr.
Schuster: Ich weiß ein Schuchmacher, der hat ein Nachtigall, die hat erst angefangen zu singen.
Chorherr: Ei, der Teufel hol den Schuster mitsampt seiner Nachtigall! Wie hat er den allerheiligsten Vater, den Papst, die heiligen Väter und uns wirdige Herren ausgeholhipt wie ein Holhipbub!
Schuster: Ei Herr, fahrt schon! Er hat doch nur euren Gottesdienst, Lehr, Gebot und Einkommen dem gemeinen Mann angezeigt und nur schlecht oben überhin. Ist dann solches euer Wesen Holhüppelwerk?
Chorherr: Was geht es aber, solchs unser Wesen, den tollen Schuster an?
Schuster: Es steht Exodi am 23.: So du deines Feindes Esel unter dem Last siehest liegen, nit laß ihn, sonder hilf ihm! Sollt dann ein getaufter Christ seinem Bruder nit helfen, so er ihn sech liegen in der Beschwerd seiner Gewissen?
Chorherr: Er sollt aber die Geistlichen und Geweichten nit darein gemengt han (der Eselskopf), die wissen vor wohl, was Sünd ist.
Schuster: Seind sie aber sündigen, so spricht Heseciel 33: Siehest du deinen Bruder sündigen, so straf ihn, oder ich will sein Blut von deinen Händen fodern. Derhalben soll und muß ein Getaufter seinen sündigen Bruder strafen, er sei geweicht oder nit.
Chorherr: Seid Ihr evangelisch?
Schuster: Ja.
Chorherr: Habt Ihr nit gelesen im Evangelio Matthaei am 7.: Richtet nit, so werdt ihr nit gericht. Aber ihr Lutherischen nehmbt solche Sprüch nit zu Herzen, sucht ihnen auch nit nach, wann sie sein wider euch.
Schuster: Strafen und richten ist zweierlei. Wir unterstehn uns nit zu richten (welchs allein Gott zugehört, wie Paulus sagt zun Römern am 14.: Niemand soll einen andern seinen Knecht richten etc.), sonder ermahnen und strafen, wie Gott

durch den Propheten Jesajam am 58. spricht: Schrei, hör nit auf! Erhöch dein Stimm wie ein Busaun, zu verkünden meinem Volk sein Missetat etc.

Chorherr: Es steht auch Exodi 22: Du sollt den Obern nit schmähen in deinem Volk.

Schuster: Wer ist dann der Oberst im Volk? Ists nit der Kaiser und nachmals Fürsten, Grafen mitsampt der Ritterschaft und weltlicher Oberhand?

Chorherr: Nein, der Papst ist ein Vicarius Christi, darnach die Kardinäl, Bischofe mitsampt dem ganz geistlichen Stand, von den steht in geistlichen Rechten. C. Solite de maioritate et obedientia: Sie bedeuten die Sonn, und der weltlich Gewalt bedeut den Mon. Deshalb ist der Papst viel mächtiger dann der Kaiser, welcher ihm sein Füß küssen muß.

Schuster: Ist der Papst ein solcher gewältiger Herr, so ist er gewißlich kein Statthalter Christi, wann Christus spricht Johannis am 18.: Mein Reich ist nit von dieser Welt; und Johannis 6 floch Christus, da man ihn zum König machen wollt. Auch sprach Christus zu seinen Jungern, Lucae 22: Die weltlichen Künig herrschen, und die Gewaltigen heißt man gnädige Herrn; ihr aber nit also; der Größt unter euch soll sein wie der Jüngst und der Fürnehmst wie der Diener. Deshalb der Papst und ihr Geistlichen seid nur Diener der christlichen Gemein, wo ihr anders aus Gott seid. Derhalb mag man euch wohl strafen.

Chorherr: Ei, der Papst und die Seinen sein nit schuldig, Gottes Geboten gehorsam zu sein, wie in geistlichen Rechten steht. C. Solite de maioritate et obedientia. Aus dem schleußt sich, daß der Papst kein Sünder ist, sonder der Allerheiligist; derhalb ist er unstrafbar.

Schuster: Es spricht Johannis 1. Canonica. 1: Wer sagt, er sei ohn Sünd, der ist ein Lugner. Deshalb ist der Papst ein Sünder oder Lugner und nicht der Allerheiligest, sonder zu strafen.

Chorherr: Ei Lieber, und wenn der Papst so bös wär, daß er unzählig Menschen mit großem Haufen zum Teufel führet, dörst ihn doch niemand strafen. Das steht geschrieben in unserem Rechten, dis. 11 si papa. Wie gefällt Euch das?

Schuster: Ei, so steht im Evangelio Matthaei 18: So dein Bruder sündiget wider dich, so gehe hin und straf ihn zwischen dir und ihm! Hört er dich, so hast du sein Seel gewunnen. Äußert sich der Papst dann solchs heilsamen Werks?

Chorherr: Ist dann solches brüderlich gestraft, also am Tag auszuschreien?

Schuster: Ei, es folgt weiter im Text: Wo dich dein Bruder nit hört, so nimm noch ein oder zwen zu dir, hört er dich noch nit, so sags der Gemein, hört er die Gemein auch nit, so laßt ihn gehen wie ein Heiden! Wie da, Herr domine?

Chorherr: Ei Lieber, was ists dann nutz, wenn ihr uns gleich lang ausschreit wie die Holhüper? Wir kehrn uns doch nichts daran; wir halten uns des Decretals.

Schuster: Es spricht Christus Matthaei 10: Wo man euch nit höret, so schüttelt den Staub von euren Füßen zu einem Zeugnus, daß ihnen das Reich Gottes nahend ist gewesen! Den von Sodoma und Gomorra wird es träglicher sein am Jungsten Gericht dann solchem Volk. Wie wird es euch dann gehen, so ihr kein Straf wollt annehmen?

Chorherr: Nun ich gib das nach, wo es gelehrt, verständige Leut täten; aber den Laien ziempt es nicht.

Schuster: Strafet doch ein Esel den Propheten Balaam, Numeri 22, warumb sollt dann nicht einem Laien ziemen, ein Geistlichen zu strafen?

Chorherr: Einem Schuster ziempt, mit Leder und Schwärz umbzugehen und nicht mit der Heiligen Schrift.

Schuster: Mit welcher Heiliger Geschrift wollt ihrs beibringen einem getauften Christen, nit in der Schrift zu forschen, lesen, schreiben? Dann Christus sagt Johannis 5: Durchsucht die Gschrift, die gibt Zeugnus von mir. So spricht der Psalmist 1: Selig ist der Mann, der sich Tag und Nacht übet im Gesetz des Herren. So schreibt Petrus in der ersten Epistel am 3.: Seind alle Zeit urbietig zu Verantwortung jedermann, der Grund fodert der Hoffnung, die in euch ist. So lehret Paulus die Epheser am 6.: Fechten wider den Anlauf des Teufels mit dem Wort Gottes, welches er ein Schwert nennt. Herr, wie wurd wir bestahn, so wir nichts in der Geschrift westen?

Chorherr: Wie die Gäns am Wetter.

Schuster: Ihr spott wohl! Die Juden wissen ihr Gesetz und Propheten frei auswendig, sollen dann wir Christen nit auch wissen das Evangelium Jesu Christi, weliches ist die Kraft Gottes allen, die selig sollen werden, wie Paulus 1. Corinthiorum 1?

Chorherr: Ja, ihr sollts wissen. Wie aber? Wie euch Christus heißt Matthaei 23: Auf Moses Stuhl hand sich gesetzt die Schriftgelehrten und Pharisäer. Alles nun, was sie euch sagen, das tut! Das bedeut die täglichen Predig. Hand ihr Laien nit genug daran?

Schuster: Ei, es steht am selben Ort Matthaei am 23.: Sie binden schwere, unträgliche Burden und legens dem Menschen auf den Hals. Solche Burden bedeuten ohn Zweifel und gewiß eure Menschengebot, damit ihr uns Laien dringt und zwingt und macht uns bös Gewissen. Warumb sollt wir euch dann folgen?

Chorherr: Wie wollt ihr das mit Schrift beweisen?

Schuster: Christus spricht im gemeldten Kapitel: Wehe euch Gleisner und Heuchler, die ihr das Himmelreich zuschließt vor den Menschen! Ihr geht nit hinein, und die hineingehen wellen, laßt ihr nit hinein.

Chorherr: Ei, solches hat Christus zu den Priestern der Juden gesagt. Umb uns Priester ist es viel ein ander Ding!

Schuster: Ei, Herr, ihr hand euch erst der Pharisäer angenommen, die auf dem Stuhl Mosi sitzen etc. Sam sei es von euch Priestern und Münch geredt, wie dann wahr ist. Also auch ist das von euch geredt, wann eure Werk geben Gezeugnus, dann ihr freßt der Witwen Häuser, wie der Text weiter sagt. Herr, ihr habt euch verstiegen!

Chorherr: Pi, puh, pah! Wie seind ihr Lutherischen so nasweis, ihr hört das Gras wachsen. Wenn euer einer ein Spruch oder zwen weiß aus dem Evangelio, so vexiert ihr jedermann mit.

Schuster: Ei Herr, zürnet nit! Ich meins gut.

Chorherr: Ich zürn nit; aber ich muß Euchs je sagen, es gehört den Laien nit zu, mit der Schrift umbzugan.

Schuster: Spricht doch Christus Matthaei am 7.: Hüt euch vor den falschen Propheten, und Paulus zun Philippern am 3.: Seht auf die Hund. So uns dann die Schrift nit ziemt zu wissen, wie sollen wir solche erkennen?

Chorherr: Solchs gehört den Bischofen zu, wie Paulus zu Tito 1: Er soll scharf strafen die Verführer.

Schuster: Ja, sie tuns aber nit, sonder das Widerspiel, wie am Tag ist.

Chorherr: Da laß man sie umb sorgen.

Schuster: Nein, uns nit also! Wellen sie nit, so gebührt uns selbs darnach zu schauen; wann keiner wird des andern Bürde tragen.

Chorherr: Ei Lieber, sagt, was Ihr wollt: Es gehört den Laien nit zu, mit Schrift umbzugan, wie Paulus sagt 1. Corinthiorum 7: Ein jeglicher wie ihn der Herr berufen hat, so wandel er. Hört Ihrs nun? Ihr hand vor Schrift begehrt.

Schuster: Ja, Paulus redt vom äußerlichen Stand und Handlung, von Knechten und Freien, wie am selben Ort und Kapitel klar steht. Aber hie ist das Wort Gottes noch jedermann unverboten zu handeln.

Chorherr: Ei, hört Ihr nit? Ihr müßt vor durch die heilig Weich beruft sein und darnach von der Obrigkeit erwählt werden darzu, sonst ziembt es euch nicht, mit der Heiligen Schrift umbzugan.

Schuster: Christus spricht Lucae an dem 10.: Die Ernt ist groß, aber der Arbeiter ist wenig; bitt den Herrn der Ernt, daß er Arbeiter schick in sein Ernt. Derhalb muß der Beruf nit äußerlich, sonder innerlich von Gott sein. Äußerlich aber sind alle Prediger berufen, die falschen gleich so wohl als die gerechten.

Chorherr: Ach, es ist Narrenwerk mit Eurem Sagen.

Schuster: Euch ist wie den Jungern, Lucae an dem 9. Die verdroß, daß ein ander auch Teufel austrieb in dem Namen Christi. Christus aber sprach: Wehret ihn nit;

dann wer nit wider euch ist, der ist mit euch. Derhalb, wo ihr recht Christen wäret, sollt ihr euch von Herzen freuen, daß man auch Laien fund, so die Feindschaft dieser Welt auf sich laden umb des Wort Gottes willen.

Chorherr: Was geht euch aber Nöt an?

Schuster: Da han wir in der Tauf dem Teufel und seinem Reich widersagt. Derhalb sein wir pflichtig, wider ihn und sein Reich zu fechten mit dem Wort Gottes und auch also darob zu wagen seinen Leib, Ehr und Gut.

Chorherr: Schauet ihr Laien darfür, wie ihr Weib und Kind nähret.

Schuster: Christus verbeuts Matthaei am 6. sprechend: Sorget nicht, was ihr essen und trinken noch antun wöllet; umb soliche Ding sorgen die Heiden. Sucht von erst das Reich Gottes und sein Gerechtigkeit; diese Ding werden euch alles zufallen. Und Petrus 1. Cano. 4: Werft alle eure Sorg auf den Herren; dann er sorgt für euch. Auch Christus Matthaei 4: Der Mensch lebt nicht allein vom Brot, sonder von einem jeglichen Wort, das durch den Mund Gottes geht.

Chorherr: Laßt euch daran benügen und pocht nit!

Schuster: Arbeiten soll wir, wie Adam geboten ist, Genesis 3 und Hiob am 5.: Der Mensch ist geborn zu arbeiten wie der Vogel zum Flug. Wir aber sollen nit sorgen, sonder Gott vertrauen. Derhalb müg wir wohl dem Wort Gottes anhangen, welches ist der beste Teil, Lucae 10.

Chorherr: Wo wollts ihr Laien gelernt haben? Kann euer mancher kein Buchstaben!

Schuster: Christus spricht Johannis am 6.: Sie werden all von Gott gelehrt.

Chorherr: Es muß Kunst auch dasein. Wofür wärn die Hohenschul?

Schuster: Uff welcher Hohenschul ist Johannes gestanden, der so hoch geschrieben hat (Im Anfang was das Wort, und das Wort was bei Gott etc., Johannis I)? War doch nur ein Fischer, wie Marci 1 steht.

Chorherr: Lieber, dieser hätt den Heiligen Geist, wie Actuum am 2.

Schuster: Steht doch Joelis 2: Und es soll geschehen in den letzten Tagen, spricht Gott. Ich will ausgießen von meinem Geist auf alles Fleisch etc. Wie, wenn es von uns gesagt wär?

Chorherr: Nein, es ist von den Aposteln gesagt, wie Petrus anzeucht, Actuum 2. Darumb packt euch mit dem Geist!

Schuster: Christus spricht Johannis 7: Wer an mich glaubt (wie die Geschrift sagt), von des Leib werden fließen Flüß des lebendigen Wassers. Das aber (spricht der Evangelist) redt er von dem Heiligen Geist, welchen entfahen sollten, die an ihn glauben.

Chorherr: Wie? Ich mein, Ihr stinkt nach Mantuano, dem Ketzer, mit dem Heiligen Geist.

Schuster: Spricht doch Paulus 1. Corinthiorum 3.: Wisset ihr nicht, daß ihr der Tempel Gottes seid und der Geist Gottes in euch wohnet? Und Galater 4: Weil ihr dann Kinder seind, hat Gott gesandt den Geist in eure Herzen, der schreit: Abba, lieber Vater! Und Tito 3: Nach seiner Barmherzigkeit macht er uns selig durch das Bad der Wiedergeburt und Verneurung des Heiligen Geists, welchen er ausgossen hat reichlich in uns. Und zun Römern 8: So nun der Geist des, der Jesum von Toten auferweckt hat, in euch wohnet.

Chorherr: Ich empfind keines Heiligen Geist in mir, ich und Ihr sein nit darzu geadelt.

Schuster: Warumb heißt ihr dann die Geistlichen, so ihr den Geist Gottes nit hand? Ihr sollt heißen die Geistlosen.

Chorherr: Es sind ander Leut, weder ich und Ihr, die den Geist Gottes haben.

Schuster: Ihr dürft nit umbsehen nach Infeln oder nach roten Piretten. Gott ist kein Anseher der Person, Actum 10. Es steht Jesajae 66: Der Geist Gottes wird ruhen auf eim zerknirschten Herzen.

Chorherr: Zeigt mir ein!

Schuster: Es spricht mit runden Worten Paulus zun Römern 8: Wer Christus Geist nit hat, der ist nit sein.

Chorherr: Odes armen Geists, den ihr Lutherischen hand! Ich glaub, er sei kohlschwarz! Lieber, was tut doch euer Heiliger Geist bei euch? Ich glaub, er schlaf Tag und Nacht, man spürt ihn je nindert.

Schuster: Christus spricht Matthaei 7: Ihr sollt euer Heiltumb nit den Hunden geben noch die Perlein für die Schwein werfen, auf daß sie dieselbigen nit mit Füßen zutreten.

Chorherr: Lieber, schämpt Ihr Euch nit, solche grobe Wort vor mir auszuziehen?

Schuster: Ei, lieber Herr, zörnt nit, es ist die Heilig Schrift.

Chorherr: Ja, ja, ja, ihr Lutherischen sagt viel vom Wort Gottes und werdt doch nur je länger, je ärger; ich spür an keinem kein Besserung.

Schuster: Christus spricht Lucae 17: Das Reich Gottes kummt nit äußerlich oder mit Aufmerken, daß man möcht sprechen: Sich hie oder da, sonder es ist inwendig in euch, das ist soviel: es steht nit in äußerlichen Werken.

Chorherr: Das spürt man an dem Gottsdienst wohl, ihr betet nicht und sucht weder die Kirchen noch Tagzeit oder gar nichts mehr. Ist dann ein solchs Reich Gottes in euch Lutherischen? Ich glaub, es sei des Teufels Reich.

Schuster: Ei, Christus sagt Johannis 4: Es kumpt die Zeit und ist schon jetzund, daß man weder auf diesem Berg noch zu Hierusalem den Vater wird anbeten, sonder die wahrhaftigen Anbeter werden den Vater anbeten im Geist und in der Wahrheit, dann der Vater will auch haben, die ihn also anbeten; wann Gott ist ein

Geist, und die ihn anbeten, die mussen ihn im Geist der Wahrheit anbeten. Hiemit liegt darnieder alles Kirchengehn und euer Tagzeit und auch alles Gebet nach der Zahl, welches ohn allen Geist und Wahrheit, sonder vielmehr nach Stat und Zahl äußerlich verdrossen und schläferig gemürmelt wird, davon Christus klagt, sprechend Matthaei 15: Dies Volk ehret mich mit den Lepsen, und ihr Herz ist weit von mir.

Chorherr: Spricht doch Christus Lucae 18: Ihr sollt ohn Unterlaß beten.

Schuster: Ja, das Beten im Geist mag ohn Unterlaß geschehen. Aber euer viel Beten verwürft Christus, Matthaei 6 spricht: Ihr sollt nit viel plappern.

Chorherr: Lieber, was ist das für ein Gebet oder Gottsdienst im Geist und in der Wahrheit? Lehret michs, so darf ich nimmer gen Metten und mein Horas nimmer beten.

Schuster: Lest das Biechlein Martini Luthers von der christlichen Freiheit, welches er dem Papst Leo X. zugeschickt hat, da findt Ihrs kurz beschrieben.

Chorherr: Ich wollt, daß der Luther mitsampt sein Büchern verbrennt wurd! Ich hab ihr nie keins gelesen und will ihr noch keins lesen.

Schuster: Ei, was urteilt Ihr dann?

Chorherr: Wie, daß ihr den lieben Heiligen auch nimmer dienet?

Schuster: Christus spricht Matthaei 4: Du sollt Gott, deinen Herrn, anbeten und dem allein dienen!

Chorherr: Ja, wir mussen aber Fürsprechen haben bei Gort.

Schuster: Es spricht Johannis 1. Canoni. 1: Und ob jemand sündiget, so haben wir einen Fürsprechen bei Gott, Jesum Christum, der gerecht ist, und derselb ist die Versühnung für euer Sünd.

Chorherr: Ja, Lieber, ja, Not bricht Eisen. So Euch ein Hand entzwei wär, Ihr würdt bald Sant Wolfgang anrüfen.

Schuster: Nein, Christus spricht Matthaei 11: Kumpt her zu mir alle, die ihr mühselig und beladen seid, ich will euch erquicken. Wo wollt wir dann besser Hilf suchen? Ihr hand Abgötter aus den Heiligen gemacht und uns dardurch von Christo abgeführt.

Chorherr: Ja, ihr habts wohl verglost. Wie, daß ihr Lutherischen nimmer fast? Lehrt euchs der lutherische Geist?

Schuster: Fasten ist uns von Gott nit geboten, sonder frei gelassen. Christus spricht Matthaei 6: Wenn ihr fasten wellt, so laßt eurem Haupt der Salben nit gebrechen, spricht nit, ihr sollt oder mußt fasten, wie unsere Stiefväter zu Rom tun.

Chorherr: Ja, ihr fastet aber gar nimmer!

Schuster: Ich glaub, rechtes Fastens fasten die Handwerksleut mehr, ob sie gleich im Tag viermal essen, dann all Münch, Nunnen und Pfaffen, die in dem ganzen teutschen Land sein. Es ist am Tag, ich mag nichts mehr davon sagen.

Chorherr: So schweiget, ich will aber reden. Es läg am Fasten das wenigst, ihr Lutherischen freßt aber Fleisch darzu am Freitag. Daß euchs der Teufel gesegne!

Schuster: Fleisch essen ist von Gott auch nit verboten, derhalb ist es nit Sünd, dann soweit man die Unwissenden, Schwachen nit ärgert. Christus spricht Matthaei 15: Was zum Mund eingeht, verunreint den Menschen nit, sonder was zum Mund ausgeht, verunreint den Menschen, als arg Gedenk, Mord, Ehbruch, Hurerei, Diebstahl, falsch Zeugnus, Lästerung, und Paulus 1. Corinthiorum 10: Alles, was auf dem Fleischmarkt feil ist, das esset.

Chorherr: Ihr sagt, was ihr wellt, habt aber nit, was ihr wellt. Gut alte Gewohnheit soll man nit verachten, die etwo drei- oder vierhundert Jahr haben gewährt.

Schuster: Christus spricht Johannis am vierzehenden: Ich bin der Weg, die Wahrheit und das Leben. Er spricht aber nit: Ich bin die Gewohnheit. Derhalb muß wir der Wahrheit anhangen, welche das Wort Gottes und Gott selb ist, das bleibt ewig, Matthaei 24. Aber Gewohnheit kumpt von Menschen her, welch all Lugner sein, Psalm 115. Darumb ist Gewohnheit vergänglich.

Chorherr: Lieber, sagt mir noch eins! Wie, daß ihr Lutherischen nimmer beicht? Das ist noch viel ketzerischer.

Schuster: Da ist es von Gott auch nit geboten, auch nit gemeldt, weder im Alten noch Neuen Testament.

Chorherr: Sprach doch Christus Lucae 17: Geht hin und zeigt euch den Priestern etc.

Schuster: Heißt dann erzeigen Beicht? Das ist mir seltsam Teutsch, Ihr mußt mirs höcher mit Geschrift beweisen. Sollt so ein groß, nötig und heilsam Ding umb die Ohrnbeicht sein, wie Ihr davon sagt, so mußt es von Not wegen klärer in der Schrift verfaßt sein.

Chorherr: Ei, wollt ihr dann gar nichts tun, dann was von Gott geboten und in der Schrift verfaßt ist? Das ist ein elende Sach.

Schuster: Ich kann dasselbig nit erfüllen, wie Actuum 15. Was soll ich dann erst mehr auf mich laden?

Chorherr: Ei, es haben aber solche Ding die heiligen Väter in den Conciliis geordent und bestätigt.

Schuster: Von wem hand sie den Gewalt?

Chorherr: Christus spricht Johannis 16: Ich hab euch noch viel zu sagen; aber ihr künds jetzt nit tragen. Wann aber jener, der Geist der Wahrheit, kommen würd, der wird euch in alle Wahrheit leiten. Hört, hie sind die Concilia von Christo eingesetzt.

Schuster: Ei, Christus spricht darvor Johannis 15: Der Tröster, der Heilig Geist, welchen mein Vater senden würd in meinem Namen, derselb würd euch alles lehren und euch erindern alles des, das ich euch gesagt hab. Hört, Herr, er spricht nit, er werd euch neu Ding lehrn, welches ich euch nit gesagt hab, sonder des, das ich euch gesagt hab, würd er euch erindern, erklären, auf daß ihrs recht versteht, wie ichs gemeint hab. Also meint ers auch hernach, da er spricht: Er würd euch in alle Wahrheit leiten.

Chorherr: So halt ihr von keinem Concilio?

Schuster: Ja, von dem, das die Apostel zu Hierusalem hielten.

Chorherr: Haben dann die Apostel auch ein Concilium gehalten?

Schuster: Ja, hand Ihr ein Bibel?

Chorherr: Ja, Köchin, bringt das groß alt Buch heraus!

Köchin: Herr, ist das?

Chorherr: Ei nein, das ist das Decretal; makulier mirs nit!

Köchin: Herr, ist das?

Chorherr: Ja, kehr den Staub herab! Daß dich der Ritt wasch! Wohlan, Meister Hans, wo stehts?

Schuster: Sucht Actuum apostolorum 15!

Chorherr: Sucht selb, ich bin nit viel darin umbgangen, ich weiß wohl Nützers zu lesen.

Schuster: Secht da, Herr!

Chorherr: Köchin, merk Actuum am 15. Ich will darnach von Wunders wegen lesen, was die alten Gesellen Guts gemacht haben.

Schuster: Ja, lest! Ihr werdt finden, daß man die Burd des alten Gesetz den Christen nit aufladen soll, ich geschweig, daß man jetzund viel neuer Gebot und Sünd erdenken und die Christen mit beschwert, darumb sein wir euch nit schuldig zu hören.

Chorherr: Spricht doch Christus Lucae 10: Wer euch hört, der hört mich; wer euch veracht, der veracht mich, ist das nit klar genug?

Schuster: Ja, wann ihr das Evangelion und das Wort Gottes lauter saget, so soll wir euch hören wie Christum selbs. Wo ihr aber euer eigen Sünd und Gutgedunken sagt, soll man euch gar nit hören; wann Christus sagt Matthaei 15: Vergeblich dienen sie mir, dieweil sie lehrn solche Lehr, die Menschengebot sind; und weiter: Ein jede Pflanz, die Gott, mein himmlischer Vater, nit pflanzet hat, wird ausgereut.

Chorherr: Seind dann die Concilia auch Menschenlehr?

Schuster: Wann man im Grund davon reden will, so haben die Concilia merklicher Schaden zween in der Christenheit ton.

Chorherr: Welche? Zeigt an!

Schuster: Zum ersten die Gebot, der ohn Zahl und Maß ist, wie Ihr wißt, und – das noch böser ist – schier all mit dem Bann bestet, und doch der meist Teil in der

Schrift nit gegründt. Solche eure Gebot hat man dann hoch aufgeblosen und der Menschen Gewissen darmit verstrickt und verwickelt, daß sie den wahren Gottesgeboten gleich geacht sind gewest und ihn fürgezogen, dardurch die Gebot Gottes verächtlich bei den Menschen gemacht. Solche Leut hat Paulus verkündiget mit ihren Geboten 1. Timothei 4: Daß in den letzten Zeiten werden etlich vom Glauben abtreten und anhangen den irrigen Geistern und Lehrn der Teufel, durch die, so in Gleisnerei Lugenreder seind und Brandmal in ihrem Gewissen haben und verbieten, ehlich zu werden, und zu meiden die Speis, die Gott geschaffen hat, zu nehmen mit Danksagung den Glaubigen und denen, die die Wahrheit erkannt haben.

Chorherr: Wo ist das geschehen? Mit welchem Gebot?

Schuster: Fleisch essen am Freitag hat man für größer Sünd geacht dann Ehbrechen; und so ein Pfaff ein recht Ehweib hätt gehabt, hat man größer Sünd gehalten, dann so er ein Huren oder zwo hätt.

Chorherr: Wohl verstahn, spricht der Walch. Was ist dann der ander Schad?

Schuster: Zum andern hat man viel neuer Gottsdienst angericht und gute Werk genennt. Damit dann am allermeisten Münch, Nunnen und Pfaffen umbgant, und ist doch (wenn man aufs höchst darvon will reden) eitel äußerlich Larvenwerk, darvon Gott nichts geheißen hat, und haben dardurch (und wir sampt ihne) die recht christlichen guten Werk verlassen, die uns Gott befohlen hat.

Chorherr: Was sind dann recht christliche gute Werk?

Schuster: Christus lehret uns Matthaei 7: Alles, das ihr wellt, das euch die Menschen tun, das tut auch ihn, das ist das ganz Gesetz und Propheten. Und Matthaei 25 lehret er uns den Hungrigen speisen, den Durstigen tränken, den Armen herbrigen, den Nackenden kleiden, den Kranken heimsuchen, den Gefangen trösten.

Chorherr: Sind das allein christliche gute Werk eines ganz christlichen Lebens?

Schuster: Ja, ein recht Christglaubiger, welcher wiederumb geboren ist aus dem Wasser und Geist, wie Johannis 3, dienet Gott allein im Geist und in der Wahrheit und seinem Nächsten mit den Werken der Lieb, das ist die Summa eines christlichen Wesen. Aber diese Werk gehn gar in der Still zu; da hecht man weder Schild, Helben noch Wappen an. So meinen dann die Werkheiligen, solche Christen tun gar nichts mehr, so sie mit ihrem Larvenwerk nimmer umbgehnt.

Chorherr: Meint ihr dann, unser Singen und Lesen gelt nichts?

Schuster: Christus würd je sonst nichts fodern von uns dann die Werk der Barmherzigkeit im letzten Urteil, Matthaei 25. Da werdt ihr Münch und Pfaffen bestehn wie die Kincklerin, die ließ die Ohren am Pranger.

Chorherr: Ihr habts wohl troffen, geht zum Ofen und wärmbt Euch! Lehret Euch Luther solch Danttäding?

Schuster: Nein.

Chorherr: Lieber, was halt Ihr vom Luther?

Schuster: Ich halt ihn für ein christlichen Lehrer, welcher (ich acht) seint der Apostel Zeit nie gewest ist.

Chorherr: Lieber, was Nutz hat er doch geschafft in der Christenheit?

Schuster: Da hat er euer Menschengebot, Lehr, Fünd und Aufsatzung an Tag gebracht und uns darvor gewarnet. Zum andren hat er uns in die Heiligen Schrift geweiset, darin wir erkennen, daß wir alle unter der Sünd beschlossen und Sünder seind, Römern 5. Zum andern, daß Christus unser einige Erlösung ist, wie zun Corinthern 1. Corinthiorum 1. Und diese zwei Stuck treibt die Schrift schier durch und durch. Darin erlernen wir unser einige Hoffnung, Glauben und Vertrauen in Christo zu setzen, welchs dann ist das recht göttlich Werk zu der Seligkeit, wie Christus spricht Johannis am sechsten.

Chorherr: Darf man keins Werks darzu? Spricht doch Christus Matthaei 5: Laßt euer Licht leuchten vor den Menschen, daß sie euer gute Werk sehen und euern Vater im Himmel preisen.

Schuster: Paulus spricht Romanorum 5: Wir haltens, daß der Mensch gerechtfertigt werd allein durch den Glauben ohn Zutuung der Werk des Gesetz, und zun Römern am ersten: Der Gerecht wird seines Glauben leben.

Chorherr: Spricht doch Jacobus 2: Der Glaub ohn die Werk ist tot.

Schuster: Ein rechter göttlicher Glaub der feiert nit, sonder bringt stets gute Frücht; dann Christus spricht Matthaei am 7.: Ein guter Baum kann kein bös Frucht bringen. Aber solche gute Werk geschehen nicht, den Himmel zu verdienen, welchen uns Christus verdient hat. Auch nit aus Forcht der Helle zu entfliehen, von der uns Christus erlöst hat, auch nit umb Ehr; wann alle Ehr soll man Gott geben, Matthaei an dem vierten, sonder aus göttlicher Lieb, Gott zu einer Danksagung und dem Nächsten zu Nutz. Wohlan, Herr, wie gefällt Euch nun des Luthers Frucht?

Chorherr: Ist er dann so gerecht, wie, daß ihm dann so wenig gelehrter und mächtiger Herrn anhangen? Allein der grob, unständig Hauf?

Schuster: Christo hing weder Pilatus, Herodes, Caiphas noch Annas an, auch nit die Pharisäer, sonder widerstunden ihm; allein das gemein Volk hing ihm an. Darum erfreuet sich Jesus im Geist, Lucae am 10., und sprach: Vater, ich sag dir Dank, daß du diese Ding hast verborgen vor den Weisen dieser Welt und hast sie geoffenbart den Kleinen.

Chorherr: Ei Lieber, der gemein Hauf gibt auch des weniger Teil dem Luther recht.

Schuster: Das machen euer Lumpenprediger, die schreien, es sei Ketzerei, und das ohn alle Geschrift. Christus hat aber dem kleinen Haufen verkündt Matthaei 5: Geht ein durch die eng Pfort, wann die Pfort ist weit und der Weg breit, der zu der Verdammnus führt, und ihr sind viel, die darauf wandeln! Und Matthaei 22: Viel sind beruft, aber wenig sind auserwählt!
Chorherr: Solch Wort treiben ihr im Wirtshaus, am Markt und uberall wie die Narren und gehört nit an solch Ort.
Schuster: Christus sprach Matthaei 10: Was ich euch ins Ohr sag, das predigt auf den Dächern.
Chorherr: Wann ich die Wahrheit soll sagen, so halt ich den Luther für den größten Ketzer, der sider Arrius Zeiten ist gewest, und ihr seid sein Nachfolger, an Haut und Hor entwicht, als viel euer ist, und nichts Guts ist in euch, nichts Guts kumpt von euch. Wißt Ihrs nun? Den Titel gib ich dem Luther und euch zusamm.
Schuster: Da habt Ihr einmal eins erraten, wann niemand ist gut, dann Gott, Matthaei 19. Wann unser Natur ist gar in uns verbost, wie Genesis 8: Des Menschen Herz ist zu Bosheit geneigt von Jugend auf, welche man muß täglich mit dem Kreuz dämpfen, daß sie den Geist nit fäll, wann sie läßt ihr Dück nit, obschon der Geist durch den Glauben gerechtfertigt ist, wann es steht Proverbiorum 24: Der Gerecht fällt im Tag sieben Mal. Deshalb bitt wir all Tag: Vergib uns unser Schuld, Matthaei 6. Und Paulus zun Römern am 7.: Das Gut, das ich will, tu ich nicht, sonder das Bös, das ich nit will, das tu ich. Und schreit darnach: O ich elender Mensch, wer wird mich erlösen von dem Leib des Tods? Zeigt damit an, daß wir Sünder sein bis in Tod. Seid ihr aber ohn Sünd, so werft den ersten Stein auf uns, Johannis 8.
Chorherr: Ihr seid halt unnütz Leut, kündt viel Gespeis; ich hoff aber, man soll euch bald den Leimen klopfen, es hilft doch sonst nichts.
Schuster: Wie, wollt ihr mit dem Schwert daran? Es steht euch Geistlichen nit zu.
Chorherr: Warumb nit? Hat doch Christus, Lucae 22, zwei Schwert eingesetzt, das geistlich und das weltlich.
Schuster: Verbot doch Christus Petro, Matthaei 26, und sprach: Wer mit dem Schwert ficht, wird am Schwert verderben.
Chorherr: Hilft süß nit, so muß aber sauer helfen; wann die Ketzerei hat groß uberhandgenommen, und ist hohe Zeit, dareinzuschlagen.
Schuster: O nein, sonder folgt dem Rat Gamalielis, Actuum 5: Ist die Lehr aus den Menschen, wird sie ohn alle Schwertschläg fallen, ist sie aber von Gott, so künnt ihrs nit dämpfen. Auf daß ihr nit gesehen werdt, als die wider Gott streiten wellen.
Chorherr: Es würd nit anders daraus.

Schuster: Wohlan, Herr, dein Will geschech, Matthaei an dem 6.: Der Junger ist nit über den Meister. Johannis 15: Haben sie mich verfolgt, sie weren euch auch verfolgen, und Lucae 6: Selig seid ihr, wann euch die Menschen hassen, verwerfen und schelten von meines Namen wegen.
Chorherr: Es wird maniger schweigen, der jetzund schreit.
Schuster: Christus, Matthaei 10: Wer mich bekennet vor den Menschen, den will ich bekennen vor meinem himmelischen Vater.
Chorherr: Es wird Schweigens gelten oder hinter dem Kopf hingehn.
Schuster: Christus, Matthaei 10: Fürcht die nit, die euch den Leib töten, der Seele künnen sie nicht tun. O Herr Gott, hie wär gut sterben von deines Namens wegen.
Chorherr: Es wär verdienter Lohn. Einen Ketzer mag man nach dreien Warnungen hinrichten.
Schuster: Ihr müßt uns vor zu Ketzern machen und beweisen aus der Heiligen Schrift.
Chorherr: Das mügen wir leichtiglich tun.
Schuster: Ei, so wird Gott unser Blut von euren Händen erfordern, daß ihr uns, die armen Schäflein Christi, so lang Hand verführen lassen, und habt so viel Prediger dieser Lehr alsolang mit Disputieren unangefochten gelassen.
Chorherr: Es wird bald; wir haben unser Spech (alle Predig) gut auf sie.
Schuster: Ja, ist das wahr? Ihr erfüllt den Spruch Matthaei 22: Und die Pharisäer gingen hin und hielten Rat, wie sie ihn verstrickten in seinen Worten, und sandten zu ihm ihr Diener mitsampt des Herodes Diener.
Chorherr: Warumb nit? Man muß die Ketzer also erschleichen; wann sie seind lüstig, daß man sie darnach kolb.
Schuster: O Gott, diese Prediger wollten uns all gern zu Christo führen, niemand ausgenommen. So wollt ihr sie mitsampt uns gern zum Henker führen. Ihr wollt geren das Feuer von Himmel auf uns fällen, Lucae 9. Hört Christum, der spricht: Wißt ihr nit, welches Geistes Kinder ihr seind? Des Menschen Sune ist nicht kommen, der Menschen Seelen zu verderben, sonder zu erhalten. 2. Corinthiorum 13: Mir hat der Herr Gewalt geben nit zu verderben, sonder zu Besserung.
Chorherr: Ei, wir wöllen auch also.
Schuster: Ei, Feuer und Schwert reimbt sich aber nit darzu, sonder das Wort Gottes zun Hebräern 4, welches durchdringender ist dann ein zwieschneidend Schwert. Derhalb seid ihr aus Gott, so verfechten eure Lehr und Wesen mit dem Wort Gottes, welchs ist die Kraft Gottes, 1. Corinthiorum 1.
Chorherr: Ja, es hilft aber nichts.

Schuster: Ja, ihr braucht sein nit; wann Gottes Ehre sucht ihr nit zu schitzen, sonder euren Gewalt, Ehre und Reichtumb. Darwider ist das Wort Gottes, darumb verfolgt ihrs, da leitz als miteinander.

Chorherr: Ja, ihr künnt nichts, dann die Leut ausrichten. Wenns Herz voll ist, so geht der Mund über, Lucae 6.

Schuster: Euch ist, wie Christus sagt, Lucae 7, vergleicht den Kindern, die am Markt sitzen, rufen: Wir hand euch pfiffen, und ihr hand nit tanzt; wir hand euch klagt, und ihr hand nit geweint. Also auch ihr, sagt man euch das Wort Gottes tröstlich, so verspott ihrs, sagt man euchs ernstlich, so zürnt ihr.

Chorherr: Wenn Ihr singt als ein Zeislein, so macht Ihr mich nit anders.

Schuster: Euer Herz ist verhärt wie dem Künig Pharaoni, Exodi vom 7. bis ins 15. Kapitel, der weder Wunder noch Plag annahm und meinet je, die Kinder von Israel sollten Ziegel brennen, daß er mit seinem Volk feiern möcht. Also auch ihr halt uns, weil ihr uns halten mögt.

Chorherr: Wett Fritz, es ist eins erraten.

Schuster: Ja, es dunkt mich wohl, Euch sei wie dem falschen Amptmann, Lucae 16, sprechend: Was soll ich tun? Mein Herr nimmt das Ampt von mir; ich mag nit graben und schäm mich zu bettlen. Eben dasselbig fürcht ihr Geistlichen auch; darumb hülft weder Strafen noch Vermahnen an euch.

Chorherr: Ei, wißt ihr nicht, Christus spricht Johannis 6: Niemand kumpt zu mir, der Vater ziech ihn dann. Zeit bringt Rosen; wer weiß, welicher den andern bekehrt.

Schuster: O Herr, die Wort hör ich gern. Es steht Johannis 15: Ohn mich künnt ihr nichts tun; und weiter: Ihr hand mich nit erwählet, ich han euch erwählet. Darumb liegt an uns nicht, Gott muß uns bekehrn. Das wunsch ich euch allen von Grund meines Herzens.

Chorherr: Man läutet in Chor. Köchin, lang den Chorrock her! Wohlan, lieber Meister, ziecht hin im Fried! Es wird leicht noch als gut.

Schuster: Ob Gott will! Wohlan alde, der Fried sei mit Euch, lieber Herr, hand mir nichts verübel und verzeicht mir.

Chorherr: Verzeich uns Gott unser Sünd.

Schuster: Amen.

Chorherr: Secht nur an, liebe Köchin, wie reden die Laien so gar frevlich gegen uns Geweichten! Ich mein, der Teufel sei in dem Schuster vernäht; er hat mich in Harnasch gejagt, und wär ich nit so wohl gelehrt, er hätt mich auf den Esel gesetzt. Darumb will ich ihm nicht mehr zu erbeiten geben, sonder dem Hans Zobel, der ist ein guts einfältigs Mändlin, macht nit viel Wort mit der Heiligen Schrift und lutherischen Ketzerei, wie dann den Laien nit ziemlich ist, noch gebührt mit ihren

Seelsorgern zu disputiern, wann es sagt Salomon: Welcher ein einfältig Wandel führt, der wandelt wohl. Ei, diesen Spruch sollt ich dem dollen Schuster fürgeworfen han, so wär er vielleicht darob erstummt.

Köchin: O Herr, ich hätt immer Sorg, nachdem Ihr ihn mit der Schrift nit überwinden kunnt, Ihr wurdt ihn mit den Pantoffel schlahen.

Chorherr: Ich hab nur von der Gemein ein Aufruhr besorgt, sonst wollt ich ihm die Pantoffel in sein Antlitz gesmeist haben, ihm hätts Christus oder Paulus in dreien Tagen nit abgewischt, wiewohl er all sein Vertrauen auf sie setzt.

Köchin: Mich nimmt groß wunder, wie die Laien so geschickt werden.

Chorherr: Willt wissen, was macht? Man gibt umb die Geistlichkeit nichts mehr. Verzeiten hätt der Heilig Vater, der Papst, und die Bischof solchen als der Luther und ander mehr, die auf sein Geigen predigen, das Predigampt aufgehebt nach Laut des geistlichen Rechten und zu widerrufen benötigt, wie mit dem Johannes Hus zu Costentz geschehen ist. Wenn man nur die evangelischen Prediger kunnt schweigen machen, so würds alles gut. Aber wenn man sie heißt schweigen, so kummen sie und wellen mit dem Papst und Bischofen disputieren, welchs unerhört ist bei der Welt, daß einer mit dem Allerheiligisten will disputirn, der nit genugsam und wirdig ist, mit seiner Heiligkeit zu reden. Aber es will besser werden. Wenn die Prediger nit wellen, so mussen sie schweigen, wiewohl sie Sant Paulus Schrift fürziehen, und wenns sein Schwert darzu hätten, so mußten sie darnieder liegen, wenn's der Heilig Vater Papst tun will, dann so mußten die Laien auch geschweigen, und wir wurden zu unsern Wirden wiederumb kommen.

Köchin: Es wär fürwahr, Herr, gut; wann jedermann veracht Euch, wie dann jetzund auch der Schuster tan hat.

Chorherr: Vor Zeiten hätt wir ein solchen in Bann verkündt! Aber itzund mussen wir von den Laien hören und lernen wie die Pharisäer von Christo. Lieb Köchin, ruf unserm Calefactor, der liest viel in der Bibel und vielleicht der Schrift baß bericht ist dann ich. Er muß mir von Wunders wegen etlich Sprüch suchen.

Köchin: Heinrice, Heinrice, geh auf her zum Herrn!

Calfactor: Wirdiger Herr, was wollt Ihr?

Chorherr: Unser Schuster hat mich lang vexiert und viel aus der Bibel angezeigt, wie dann der Lutherischen Brauch ist. Du mußt ihm etlich Kapitel nachsuchen, ob er gleich hab zugesagt, auf daß ich ihn in der Schrift fahen möcht.

Calfactor: Ihr sollt es billig selbst wissen: Ihr hand lang die Geweichten examinirn helfen.

Chorherr: Ja, daselbs braucht man nur schulerische Lehr, was die Menschen haben geschrieben und gemacht, und gar wenig das geistlich Recht, welches die heiligen Väter in den Conciliis beschlossen haben.

Calfactor: Es läg an dem nicht, das die Väter in Conciliis beschlossen und die Menschen, so nach ihn kommen sein, geschrieben und gehalten haben, wo dieselben Gesetz, Lehr und Schrift aus dem Wort und Geist Gottes wärn; wann die Propheten, Apostel und Evangelisten sind auch Menschen gewest.
Chorherr: Ei, so haben sie auch irren mögen; aber die Lutherischen wollen das nit glauben.
Calfactor: Nein, wann Petrus spricht 2. Petri 1: Es ist noch nie kein Weissagung aus menschlichem Willen herfürbracht, sonder die heiligen Menschen Gottes hand geredt, getrieben von dem Heiligen Geist. Und eben darnach verkündt Petrus die falschen Propheten, die viel verderblicher Sekten ein werden führen. Bedeut eben euren geistlichen Stand, Orden, Regel und alle Menschenfünd, außerhalb dem Wort Gottes, darmit ihr jetzt umbgeht.
Chorherr: Ja, es ist aber auf uns nit geredt, sonder auf die Alten, und längst vergangen.
Calfactor: Oh, ihr Toren und trägs Herzens, zu glauben alle dem, das die Propheten geredt haben! Lucae 24.
Köchin: Herr, heißt Euch den Hahn mehr kreigen! Von mir litt Ihrs nit.
Chorherr: O du lausiger Bacchant, willt du mich auch rechtfertigen und lehren? Bist auch der lutherischen Böswichter einer? Troll dich nur bald aus dem Haus und komm nit wieder, du unverschamptes Tier!
Calfactor: Es tut Euch and, daß Euch der Schuster das rot Piret gesmächt hat. Laßt Euch's nit wundern, wann im alten Gesetz hat Gott die Hirten sein Wort lassen verkünden. Also auch jetzt müssen euch Pharisäer die Schuster lehren. Ja, es werden euch noch die Stein in die Ohren schreien. Alde, ich scheid mit Wissen.
Köchin: Euch geschicht recht. Mich wundert, daß Ihr mit den groben Filzen reden mügt. Sie schonen weder Euer noch der heiligen Weich.
Chorherr: Ich will mich nun wohl vor ihn hüten; verbrennts Kind fürcht Feur. Wohlan, ich will in Chor. So geh du an Markt, kauf ein Krainwetvogel oder zwelf! Es wird nach Essen meines gnädigen Herren Caplan mit etlichen Herren kommen und ein Panget halten. Trag die Bibel aus der Stuben hinaus und sich, ob die Stein und Würfel all im Brettspiel sein und daß wir ein frische Karten oder zwu haben.
Köchin: Es soll sein. Herr, werdt Ihr von Stund an nach dem Umbgang heimhergehn?
Chorherr: Ja. Schau, daß Essen bereit sei!

Philippensium 3
Ihr Bauch, ihr Gott.

Der zweite Dialog

**Ein Gespräch von den Scheinwerken
der Geistlichen und ihren Gelübden,
damit sie zu Verlästerung
des Bluts Christi vermeinen
selig zu werden.**

2. Timothei 3:
Ihr Torheit wird offenbar werden
jedermann.

Münch: Der Fried sei mit euch, ihr lieben Brüder! Gebt euer heiligs Almusen umb Gottes willen den armen Brüdern zun Barfüßen, die Licht, darbei mir singen und lesen.

Peter: Ich gib keinem solchen starken Bettler ichts, wann das Betteln ist verboten. Deuteronomii 15 spricht Gott: Kein Bettler soll unter euch sein. Ich will mein Licht wohl hausarmen Nachbarn geben, die arbeiten darbei.
Münch: Ich hör wohl, Ihr seid lutherisch.
Peter: Nein, sonder evangelisch.
Münch: Ei, so tut auch, wie das Evangeli lehrt, nämlich Matthaei 5: Jedermann, der dich bitt, dem gib, und Lucae 6: Seid barmherzig, wie eur himmlischer Vater barmherzig ist; und Lucae 11: Gebt Almusen von euer Hab, so ist es euch alles rein.
Hans: Bruder Heinrich hat dich schon überwunden mit Schrift.
Peter: Ich bekenns, ich kann nit weiter. Kumpt her, lieber Bruder Heinrich, seht hin, ein Pfennig umb Gotts willen, und kauft Euch selber ein Licht nach Euerm Sinn!
Münch: Ei, behüt mich Gott, ich darf kein Geld nehmen, es hälts mein Orden nit innen.
Hans: Wer hat Euern Orden gemacht?
Münch: Unser heiliger Vater Franciscus.
Hans: Ist dann Franciscus euer Vater? Spricht doch Christus Matthaei 23: Niemand soll sich Vater heißen auf Erden; dann einer ist euer Vater, der im Himmel ist.
Münch: Ei, das wissen wir wohl; er hat uns aber gelehrt wie ein frummer Vater sein Kind.
Hans: So ist er euer Meister? Spricht doch Christus an gemeldten Kapitel: Ihr sollt euch nit lassen Meister nennen; dann einer ist euer Meister, Christus. Auch spricht Christus Johannis 14: Ich bin der Weg, die Wahrheit und das Leben, und Johannis 10: Ich bin die Tür zu den Schafen, wer anderswo einsteigt, der ist ein Dieb und ein Mörder.
Münch: Ei, Ihr verstehts nit recht! Er hat uns nit aus seinem eigen Kopf gelehrt, sonder all sein Regel aus dem heiligen Evangelio gezogen.
Hans: Wo steht dann im Evangelio: Ihr sollt kein Geld nehmen oder anrühren? Ich will Euch wohl das Widerspiel zeigen.
Münch: Wo?
Hans: Matthaei 17 sprach Christus zu Petro: Geh hin ans Meer und würf den Angel aus, und der erst Fisch, der auffer fährt, dem wirst du im Maul finden ein guldene Münz; die nimm und gibs für dich und mich.
Münch: Es steht aber Matthaei 6: Ihr sollt euch nit Schätz sammeln auf Erden, und weiter: Ihr könnt nicht Gott dienen und dem Mammon, und Lucae 12: Hütet euch vor dem Geiz, wann niemand lebt darvon, daß er voll Genüge han an seinen Gütern, und Lucae 18: Wie schwerlich werden die Reichen in das Reich Gottes kommen, und Matthaei 19, Marci 10, Lucae 18: Willt du vollkommen sein, so geh

hin, verkauf, was du hast, und gib es den Armen, so wirst du ein Schatz im Himmel sammeln, und kumm und folg mir nach! Da habt Ihr Grund und Ursach aus dem Evangelio unser willigen Armut.

Hans: Wohl geredt! Halt ihr Barfüßer das?

Münch: Ja, wir nehmen kein Geld, so han wir keins, weder wenig noch viel.

Hans: Ja, ihr habt aber außerhalb dem Kloster euer Einnehmer und Ausgeber wie die Fürsten und sammlet (unter dem Schein der willigen Armut) große Schätz und kaufet Kardinalhut umb viel tausend Dukaten und bauet köstliche Klöster wie die Fürstenhäuser, wie am Tag ist. Heißt das nit Schätz sammlen, Geld nehmen oder anrühren, so weiß ich nit, wie ichs nennen soll.

Peter: Es heißt des Geiz unter dem Hütlein gespielt.

Münch: Ei Lieber, es ist nit so heftig. Es ist wahr, wir haben Schaffner, die lassen wir mit umbgehen, wir bekümmerns uns aber gar nichts mit dem Geld und warten unsers Gottsdiensts.

Hans: Spricht doch Christus Matthaei 6: Wo euer Schatz ist, da ist auch euer Herz. Derhalb ist euer Herz im Kloster nit, sonder etwan in eines Bürgers Haus bei euerm Schatz; darumb könnt ihr Gott nit dienen, weil ihr dem Mammon dient mit dem Herzen. Daraus folgt weiter, daß ihr kein Gnügen an euern Gütern habt, wie dann Lucae 12 steht, sonder bettlet und rasplet stets der Welt Güter zusammen. Wie werdt ihr dann in das Reich Gottes gehn durch euer Armut, der ihr euch rühmet?

Münch: Ei, lieber Meister, wir verlassen das Unser williglich, sollten wir darnach nit wieder von frummen Leuten das heilig Almosen nehmen?

Peter: Ja, euer mancher verläßt kaum eins Gulden Wert und tritt in ein Pfründ, wohl 200 Gulden wert, ist sein Leben lang mit aller Notdurft versorget und weiß von keiner Armut zu sagen, sonder schneidt den armen Christen das Brot vor dem Mund ab. Petrus hat euch verkündt 2. Petri 2: Sie führen ein zärtlich Leben von euer Lieb und zehren wohl von dem Euern. Das heißt je nit, das Sein verkaufen und den Armen geben.

Münch: Habt mir nicht in übel, ihr und euersgleichen gebt uns nit viel, sonder große Herren und reiche Bürger und Kaufleut nähren uns von ihrem Überfluß.

Peter: Ist gut; wo nehmen es die selbigen? Allein bei uns: Wir, die eilftausend Mertrer, müssen zahlen, da sie uns betriegen, übernöten, dringen, zwingen, daß oft das Blut hernach möcht gan, da speisen sie darnach euch heillosen Vater (heilige Vater soll ich sagen) mit, die stark und faul seind und selber wohl arbeiten und andere arme kranke Christen mit ihnen ernähren möchten.

Hans: Ja, wo ein christlich Lieb in ihn wäre, wie Paulus schreibet 2. Thessalonicensium 3: Wir haben nicht umbsunst das Brot genommen von jemand,

sonder mit Mühe und Arbeit hab wir Tag und Nacht gewürkt, auf daß wir niemand unter euch beschwerlich wurden. Und weiter: Wer nit arbeit, der soll nit essen.
Münch: Steht nit 1. Corinthiorum 9: Wissen ihr nit, die im Tempel schaffen, die nähren sich des Tempels, und die des Altars pflegen, die geleben des Altars?
Hans: Es steht aber gleich im Text hernach 1. Corinthiorum 9: Also hat der Herr befohlen: Die das Evangelion verkündigen, sollen sich vom Evangelio nähren. Aber wie ihr sagt, des Tempels und Altars Diener halben ist im Alten Testament im Brauch gewesen, wie Levitici 7, aber nun vergangen; wann im Neuen Testament haben wir keinen leiblichen Tempel von Holz und Stein, sonder wir selbs seind der Tempel Gottes, wie 1. Corinthiorum 3: Wissent ihr nicht, daß ihr der Tempel Gottes seid und der Geist Gottes in euch wohnet? Derhalb durfen wir keins Tempelknechts mehr. Auch haben wir keinen Altar zum Opfer, derhalb dürfen wir keins Altardieners mehr; wann Christus ist allein hoher Priester, wie Sebraeorum 7, der sich selb einmal für uns geopfert hat. Derhalb dürfen wir im Neuen Testament nur Diener, zu verkündigen das heilig Evangelion, darzu dann Christus seine Junger ausschicket, Marci ulti [letztes Kapitel]: Geht hin in die ganze Welt und predigt das Evangeli allen Kreaturn! Dieselben, meint Paulus, sollen darvon enthalten werden; ihr aber esset euer Brot in Müßiggehn wider den Willen Gottes. Genesis 3: Im Schweiß deines Angesichts sollt du nießen dein Brot.
Münch: Ei, verkündigen wir euch doch auch das Evangelion; derhalb, wie Matthaei 10, ist ein Arbeiter seins Lohns wirdig.
Hans: Ja, es seind ihr unter euch, aber leider je nit viel, die Christum rein predigen, sonst liegen euer ganze Klöster voll obeinander, und seid weder Gott noch der Welt nutz.
Münch: Ich mein, ihr seid unsinnig. Was tunt wir sunst Tag und Nacht, dann daß wir Gott dienen?
Hans: Ja, ihr steckt voll Gottsdienst und guter Werk, und fehlet doch des allernötigsten Werks, das Christus fodern wird am letzten Urteil, Matthaei 25, nämlich die Werk der Barmherzigkeit: Ich bin hungerig gewest, und ihr hand mich nit gespeiset etc.
Münch: Lieber, geben wir dann kein Almusen? Kommet morgen umb Mittag für unser Kloster, da werd ihr ein Haufen armer Leut sehen, die wir täglich speisen.
Peter: Ja, ihr gebt ihn Speis heraus, die ihr nit mögt, und schüttet ihn Suppen und Arbais, Kraut und Fischschuppen untereinander. Schampt ihr euch nit, daß ihr dem Herren Christo ein söllich Geschlepper zu essen gebt? Wann er spricht Matthaei 25: Was ihr den Mindsten aus meinen tan habt, hand ihr mir selbs tan.
Münch: Ja, ich bekenns, unser leiblich Almusen ist klein, aber die geistlichen Tröstung teiln wir aus, wer unser begehrt.

Peter: Ja, ihr geht wohl gern zu den Kranken, man lohnet euch euer Gäng auch wohl; wo ihr aber vergebens mit einem geht und ihn tröstet, steht sein Sach gewißlich nit wohl. Darzu isset man nit wohl von euern guten Worten.
Hans: Es steht aber 1. Johannis 3: Wer dieser Welt Güter hat und sicht seinen Bruder Not leiden und schleußt sein Herz vor ihm zu, wie bleibt die Lieb Gottes in ihm? Und weiter: Meine Kinder, laßt uns nit lieben mit Worten noch mit der Zungen, sonder mit der Tat und der Wahrheit. Nun vermöcht ihr wohl manchen Armen enthalten, ihr geht aber vor den Armen füruber, wie der Priester und Levit bei dem Verwundten füruber gingen, Lucae 10. Und wo nit wir Weltlichen (von euch verachten Samaritanern) ihn zu Hilf kämen, so müßten sie eurenthalb (wie der arm Bettler Lazarus vor des reichen Manns Haus, Lucae 16) verschmachten.
Münch: Wir haben wahrlich nichts zu Gewalt, wir seind geistlich Personen, darumb spenden wir nur geistliche Güter aus, und das williglich.
Peter: Ja, ihr spendt euer Vigilg, Seelmessen und alle euer Gottsdienst mildiglich gnug aus wie ich mein Semmel und Meister Hans seine Schuch, doch mit der Unterscheid: Wer kauft, der hat. Und brächt einer euerm Seckeldario 5 Gulden für ein Opfer und fehlet umb ein Ört, er nehm das Geld nit, käme mit ihm für Recht: Also mildiglich gebt ihr eure gute Werk von euch.
Münch: Behüt euch Gott! Wir verlieren die Zeit unnützlich da bei euch; wir müssen weitergan, da man uns etwas gibt.
Hans: Lieber Bruder Heinrich, sagt mir noch ein Wort!
Münch: Was ists?
Hans: Haltent ihr ewige Keuschheit, wie ihr dann gelobt habt?
Münch: Ja, warumb nit? Wüßten wir's nit zu halten, wir gelobten's nit.
Hans: Spricht doch Christus Matthaei 19: Das Wort fasset aber nit jedermann, sonder den es geben ist. Da meinet je Christus, keusch zu leben steh nit in eigenem Gewalt, sonder muß von Gott geben werden.
Peter: Ihrer Keuschheit werden die Bäurin wohl gewahr, wann die Münch Käs sammeln.
Münch: Wo habt ihrs in unserm Orden erfahren?
Peter: Ich mein euch allein nit, sonder alle Bettelmünch, die da Käs sammeln.
Münch: Ja, wann schon ein Unkraut unter einer so großen Versammlung ist, wie kann man den Haufen darnach urteilen?
Hans: Ich hab Sorg, ob ihr euch gleich der natürlichen Werk enthalt, besudelt ihr euch doch in andre unziemliche Wege.
Münch: Ja, da muß man das Fleisch kasteien, und ist schier die ganz Regel und Statut darauf gericht, das Fleisch zu dämpfen.

Hans: So ist durch Paulum von euer Regel und Statut gesagt 1. Colossensium 2: Laßt euch nit fangen mit Satzungen, die wohl haben ein Schein der Weisheit durch selb erwählte Geistlichkeit und Demut und durch daß sie des Leibs nit verschonen und an das Fleisch kein Kost wenden zu seiner Notdurft.
Peter: Von Nöten seind die Münch so mager und die Bauern so feist: die fasten nicht so viel als die Münch.
Münch: Es ist nit als umb das Fasten zu tun, es seind unser Kasteiung mancherlei.
Peter: Lieber Bruder Heinrich, erzählt uns ein Teil.
Münch: Gern. Wir tragen unten nicht Leines an, gürren uns mit Stricken und gehn barfuß in zuschnitten Schuhen. Wir tragen auch kein Haar auf dem Kopf; wir baden auch nit unser Leben lang bis nach dem Tod. Wir liegen auch auf keiner Federn; wir ziehen uns auch nit gar ab. So essen wir kaum halbe Zeit Fleisch und essen aus keinem Zinn und müssen etliche Zeit Silentium halten, das heißt schweigen; wir müssen auch alle Tag wohl ein Stund oder fünf im Chor stehn und knien und alle Nacht gen Metten auf.
Peter: So muß ich mit meinen Knechten den ganzen Tag arbeiten, ubel essen und legen uns oft kaum [umb] Mettenzeit nieder; da singen mir dann meine Kinder oft erst Metten; ich hab viel ein härtern Orden dann ihr.
Münch: Ja, wann ihr da wäret, wenn wir Kapitel halten, würd euch das Lachen wohl vergehn, wenn ihr die Ruten hörten singen.
Peter: Ihr halten nit hinan mit den Ruten, ihr macht nur ein Spiegelfechten, es tut nichts.
Münch: So legt man aber einen in die Presaun und läßt ihn versausen.
Hans: O ihr Blinden, wie führet ihr einander in euern erdichten unhilflichen Menschenwerken!
Münch: Spricht doch Gott, Mensch, hilf dir, so will ich dir auch helfen.
Hans: Wo steht das geschrieben? Also kumpt ihr mit erdichten Sprüchen herfür. Das steht aber wohl geschrieben Hoseae 13: O Israel, in dir steht dein Verderben, und in mir allein steht dein Hilf. Darumb hilft euer gleisnerisch Obeis nit zur Dämpfung des Fleischs, wann es steht Genesis 8: Des Menschen Herz ist von Jugend auf geneigt zur Bosheit. Darumb steht Proverbiorum 20: Wer mag sprechen, mein Herz ist rein? Nun habt ihr Essen, Trinken und Schlafen den Überfluß und feirent dennocht darzu, darvon sich dann die eingepflanzt Natur entzündet, wann das Wort Genesis am 1. und 9. steht fest: Wachset und mehret euch! Derhalb ist (ohn sondere hohe Gnad Gottes) euer Herz befleckt mit bösen brinnenden Begierden.
Münch: Ei, so wir nur nit darein verwilligen, so verdienen wir mit sölchen Anfechtungen.

Hans: Ihr spielent aber im Herzen mit solchen Gedanken wie ein Katz mit der Mäus. Nun ist Gott ein Erkündiger aller Herzen, wie Actuum I: Derhalb urteilt Gott nach dem Herzen. Darumb spricht Paulus 1. Corinthiorum 7: Es ist besser heiraten dann brinnen; und im selben Kapitel: So ein Jungfrau heirat, so sündiget sie nit.
Münch. Ja, wir haben aber ewige Keuschheit gelobt in unser Profeß mitsampt williger Armut und heiliger Gehorsam.
Hans: Ihr hört aber wohl, ihr halt ihr nit vollkommenlich. Warumb habt ihr ein ander Gelübd auf euch genommen und habt euch nit an der Tauf benügen lassen, darin ihr den Teufel und alle seinem Gespenst widersaget habt?
Münch: Ei, das ist die ander Tauf, darin man uns auch andere Namen geit, da werden wir wiederumb neue geboren.
Hans: Spricht doch Paulus Ephesicrum 4: Es ist ein Herr, ein Glaub, ein Tauf, ein Gottvater unser aller. Derhalb ist euer Tauf kein Tauf, sonder ein Ding, von Menschen erdicht, welche alle Lugener seind, Psalterii 115. Darumb geht ihr auch mit menschlicher lugenhaftiger Weis umb, halt Keuschheit eben wie die Armut. Ich glaub, es sei mit euer Gehorsam auch also.
Münch: Wie, halt wir nit vollkommenlichen Gehorsam? Es geht unser keiner für das Kloster ohn Erlaubnüs des wirdigen Vaters Gardian.
Hans: Ja, ihr halt Gehorsam in den Dingen, die ihr gern tut, aber etwan doch mit unwilligen Herzen gegen euern Obersten; doch ist das nit die rechte Gehorsam, so die Schrift von uns fodert. 1. Petri 2: Seid untertan aller menschlichen Ordnung umb des Herren willen, dem König als dem Obern etc., und Romanorum 13: Seid untertan aller weltlichen Oberkeit, und weiter: So gebt jedermann, was ihr schuldig seid, dem Schoß, dem das Schoß gebührt, dem Zoll, dem der Zoll gebührt. Und Matthaei 22: Gebt dem Kaiser, was des Kaisers ist, und Gott, was Gottes ist. Von dieser Gehorsam aber, die Gott will haben, habt ihr euch fein ausgeschleift und habt ein eigene erdichte Gehorsam angenommen, darin ihr frei seid von allem Frönen, Zehenten, Reisgeld, Wachgeld, Steuergeld, Zinsgeld, Lehengeld, Zollgeld, Ungeld und allen Bürden, so wir alle brüderlich untereinander tragen.
Münch: Ei, wir seind geistlich Personen und aus der Welt; derhalb seind wir auch gefreiet von den weltlichen Tributen
Hans: Von weme?
Münch: Von dem allerheiligsten Papst Honorio dem III. und vom Kaiser Friederich dem II. vor 300 Jahren. Wöllt ihr Lutherischen uns erst reformieren?
Hans: Es hat ein Blinder den andern geführt, wie Lucae 6: So ein Blinder den andern führt, fallen sie nit beide in die Gruben? Sagt mir eins, warin doch euer Gehorsam gegründet ist.

Münch: In unser Regel und Statut, wie sie dann von Wort zu Wort angezeigt seind.
Hans: Nun ist je euer Regel und Statut nur von Kutten, Platten, Stricken, Schuhen, Fleisch meiden, Schweigen, Singen, Lesen, Mettengehn, Chorstehn, Bucken, Knien und solchen äußerlichen erdichten Werken. Derhalb geht der Spruch stracks auf euch, Matthaei 15: Vergeblich dienen sie mir, dieweil sie lehren solche Lehre, die nichts dann Menschengebot seind, und weiter: Alle Pflanzen, die Gott, mein himmlischer Vater, nit gepflanzt hat, werden ausgereut.
Münch: Seind dann solche unser geistliche Übung nit gut?
Hans: Nein.
Münch: Wieso?
Hans: Da hat sie Gott nit geboten noch geheißen.
Münch: Ei, wir tuns aber guter Meinung, Gott zu ehren.
Hans: Gott läßt ihm nichts gefallen, dann was er geheißen hat, wie Levitici 10: Da Aarons Sün Nadab und Abihu Feuer in ihr Näpf nahmen und wollten vor dem Herren räuchern, da verbrennet sie das Feuer des Herren, darumb, daß sie mit fremden Feuer räuchern wollten, das Gott nit geboten het, und tatens doch auch Gott zu ehren. Nun seind je euer Orden lauter fremder erdichter Gottsdienst, im Schein auswendig heilig und gleißend, inwendig aber im Grund lauter wurmstichig und betrieglich Gespenst, wie Matthaei 23: Weh euch Gleisnern und Heuchlern, die ihr seid wie die geweißeten Totengräber, welche auswendig hübsch scheinen, inwendig aber seind sie voll Totenbein und Unflats! Also auch ihr: Auswendig scheinet ihr frumm, inwendig aber seid ihr voll Heuchlerei und Untugend.
Münch: Ei Lieber, warmit?
Hans: Ihr habt es wohl zum Teil gehört: Ihr haltet Armut ohn Mangel, und Keuschheit, die besudelt ist, und Gehorsam, die erdicht ist.
Münch: Sagt, was ihr wöllt, wir haben je den vollkommen Stand, dem Evangeli nach, Matthaei 19: Willt du vollkommen sein, so verkauf, was du hast etc.
Hans: Ei, das muß geistlich verstanden werden, also daß wir unser Hoffnung und Trauen nit auf das Irdisch setzen, sonder allein auf Gott, wie Paulus beschreibt 1. Corinthiorum 7: Lieben Brüder, die da Weiber haben, die seien, als hätten sie keine, und die da kaufen, als behielten sie es nicht, und die sich dieser Welt gebrauchen, als brauchten sie ihr nicht etc. Das ist auch gut bei dem zu merken. Wir könnten je nit alle das Unser verlassen und Münch werden. Wer wollt zuletzt Koren bauen? Nun müssen wir je alle vollkommen sein, soll wir in das Reich Gottes kommen, wie Apocalypsis 21: Es wird nichts Unreins hineingehn in das himmlisch Jerusalem.
Peter: Ei, die Observanzer haben einen Beiweg gefunden. Wenn wir Laien sterben wöllen, so ziehen sie einem ein graue Kutten an, machen erst ein Münch aus ihm,

schern und baden ihn, so fuhrt er dann als ein Voller (ein Vollkommner soll ich sagen) gen Himmel wie ein Kuh in ein Mäusloch.

Hans: Lieber Bruder Heinrich, was hat Euch in den Orden bracht?

Münch: Daß ich selig werd, wie uns dann in der Profeß verheißen wird.

Hans: Hofft Ihr durch Eure Münchwerk selig zu werden?

Münch: Ja. Was wollt ich sonst im Kloster tun?

Hans: Spricht doch Paulus Ephesiorum 2: Aus Gnad seid ihr selig worden durch den Glauben, und das selbig nit aus euch; es ist Gottes Gab und nit aus den Werken, auf daß sich niemand berühme.

Münch: Verheißt doch Christus an viel Enden die Werk zu belohnen, wie Matthaei 25, Lucae 6, Johannis 5 und Pauli 1. Corinthiorum 3.

Hans: Da nimmt man die Werk für den Glauben, daraus sie geflossen seind. Daß ihr es aber klarer verstehet, daß Gott die Werk nit belohnet, so höret Christum selbs. Lucae 17: Wann ihr alles tan habt, was euch befohlen ist, so sprecht: Wir seind unnütz Knecht, wir haben getan, das wir zu tun schuldig waren. Hie hört ihr, daß durch die rechtgeschaffen christlichen Werk niemand nichts verdient; wann es spricht Jesajae 64: Unser Gerechtigkeit ist als ein unrein Tuch einer kranken Frauen. Wie wöllt ihr dann durch eure selb erdichte eigennützige Werk selig werden?

Peter: Wie besteht ihr nun mit euer Kaufmannschatz, der euch viel übrig ist gewest, zu der Seligkeit, die ihr uns verkauft habt?

Münch: Sollt ich dann wissen, daß ich nit selig würd durch mein klösterlich Leben, ich wollt mein Kutten an ein Zaun hängen und mit Stein darzu werfen.

Peter: Ei, so geht aus dem Notstall! Es steht je Matthaei 21: Die Huren und offenbaren Sünder werden euch vorgehn in dem Himmelreich.

Münch: Oh, ich bin nun alt und kann nichts. Was wollt ich anfahen?

Hans: Ich will Euch ein Holzhacken schenken, daß Ihr Euch mit Arbeit ernähret.

Münch: Ich darf ihr nit.

Hans: Wieso? Da würdt ihr erst rechte wahre Armut empfinden, und würd euch die Unkeuschheit vergehn, und erst recht gehorsam werden jedermann.

Münch: Nein, nein! Ich weiß besser im Kloster.

Hans: Ich hör wohl, ihr seid der Leut, da Paulus von sagt 1. Philippensium 3: Die Feind des Kreuz Christi, welcher End ist das Verdammnus und denen der Bauch ein Gott ist! Also fürcht ihr die Armut und habt sie doch gelobt und bleibet über Erkanntnüs der Wahrheit in dem Irrtumb.

Münch: Ich höre zwar nit viel Guts von den ausgelaufnen München sagen, sonder wie sie schönen Frauen nachgehnt, und unter 10 kaum einer gern arbeit, und popitzen sonst, einer das, der ander jens, damit sie sich ohn Arbeit ernähren mögen, so gehnt ihrer eins Teils sonst bösen Stucken nach. Wie kann sie dann ein guter Geist aus den Klöstern trieben haben?

Peter: Dabei erkennt man, was Guts in den Kutten steckt: Die vor in Klöstern haben gelebt wie die lebendigen Heiligen, die leben nun heraußen wie die Lotterbuben und haben doch eben das im Herzen getan im Kloster, das sie herauß tunt mit Werken.

Hans: Ich hab aber leider Sorg, viel laufen aus den Klöstern aus Fürwitz, Mutwillen (ihre böse Lüst in der Welt zu büßen) und doch wider ihr eigen Gewissen. Das kann nit aus dem Glauben gehn. Was aber nit aus dem Glauben geht, das ist Sünd, Romanorum 14. Dieselben führen darnach ein bös Leben, ihr Gewissen wird sie aber wohl anklagen; geschichts jetzund nit, wird es in Todsnöten nit dahinten bleiben. Gott erbarm sich ihr! Welche aber durch Erkanntnus des Wort Gottes ihr töricht Gelöbd untüchtig zu halten erkennen und mit freiem, sicherem Gewissen gehnt aus dem Stand, von Menschen eingesetzt, und treten in den Stand, von Gott eingesetzt, nämlich in die Ehe, Genesis 2: Der Mann wird Vater und Mutter verlassen und seinem Weib anhangen. Und welche sich also nähren mit Arbeit, darzu sie (wie der Vogel zum Flug) geboren seind, Hiob 5, dieselbigen kann ich je nicht un recht urteilen.

Münch: Ich will je nit heraus, und ob Sant Peter sprech, es wär nit unrecht.

Hans: Ihr seid eben der rechten einer, darvon Jesajae 6 sagt: Er hat ihre Augen verblendet und ihre Herz verstocket, daß sie mit den Augen nit sehen und mit dem Herzen nit vernehmen und sich bekehren, daß ich sie selig macht.

Münch: Ei Lieber, sein wir dann so in einem gefährlichen Stand? Wafür halt Ihr uns doch?

Hans: Ich halt euch für die Leut, darvor uns Petrus warnet 2. Petri 2: Es werden falsche Lehrer unter euch sein, die neben einführen werden verderbliche Sekten und verleugen des Herren, der sie erkauft hat, und weiter das ganz Kapitel sagt von euer Verführung.

Münch: Lieber, das ist von uns nit geredt. Wo verlaugnen wir Christi, des Herren?

Hans: Ihr verlaugnen seiner Erlösung und Seligmachung und wöllt euch durch euere Scheinwerk selig machen und weiset andere Leut auch von Christo auf ihre eigene Werk, die Seligkeit zu erlangen, und verkauft simoneischer Weis die guten Werk.

Münch: Ei Lieber, Ihr seid uns sunst feind, darumb schmächt Ihr uns.

Hans: Nein, bei meiner Seel Heil! Allein aus brüderlicher Lieb.

Münch: Lieber, seid Ihr dann evangelisch, so dürft Ihr nit so spöttlich mit uns handeln; wann Ihr müßt von jedem unnützen Wort Rechenschaft geben am Jüngsten Gericht, Matthaei 12.

Hans: Ihr wöllt die Schrift nit annehmen, da sie von euch sagt; darumb müssen wir euch mit euer eigen Tat (welch an ihr selb spöttlich und lächerlich ist) überweisen, daß ihr diejenigen seid.
Münch: Wem ist aber mit geholfen?
Hans: Euch, ob ihr euch (durch soviel Anzeigung) doch einmal selber im Grund erkennten, wie elend, blind, hartselig Leut ihr wärt, und nit also hochfertig mit dem Gleisner im Tempel, Matthaei 18, eure Werk rühmet und darauf pochet selig zu werden, sonder demütig mit dem offenbaren Sünder sprecht: Gott, biß gnädig mir armen Sünder, und wurdent erst recht geistarm, hungerig und dürstig nach der Gerechtigkeit Gottes, Matthaei 5: Dann würd ihr erfüllt mit Gütern, wie Lucae 1, das ist mit dem unerforschlichen Schatz Jesu Christi, Ephesiorum 3, welches seind die tröstlichen Zusagung Christi, die würden euch erst wohl geschmack und angenehm werden. Darumb, lieber Bruder Heinrich, was ich und mein Bruder Peter mit euch geredt haben, ist im besten (ohn allen Neid und Haß) geschehen. Wöllt Gott, es hättens alle Münch gehört aus allen Orden, und bitten euch umb Gottes willen, uns nit zu verargen, ob wir etwas zuviel hart wider euch hätten geredt.
Peter: Seht hin, lieber Bruder Heinrich, zwei Licht! Und leset darbei nit Scotum oder Beneventuram, sonder die Bibel! Etwan wird euch Gott auch erleuchten mit seinem göttlichen Wort, und habt uns nichts in übel!
Münch: Nichts, lieben Brüder. Ich will den Dingen weiter nachsuchen. Wir gehn dahin. Gott sei mit euch!
Peter: Amen.

Jesajae 59:
Sie söllen auch von ihren Werken nit bedeckt
werden, und ihre Werk seind unnütze Werk.

Der dritte Dialog

**Ein Dialogus, des Inhalt ein Argument
der Römischen wider das christlich Häuflein;
den Geiz, auch ander offenlich
Laster etc. betreffend.**

Ephesiorum 5.
Hurerei und Unreinigkeit oder Geiz
laßt nit von euch gesagt werden,
wie den Heiligen zusteht.

Dem achtbarn Hans Odrer zu Preßla wünscht Hans Sachs Genad und Fried in Christo Jesu, unserm lieben Herren. Amen.

Geliebter Bruder in dem Herren, ich bin durch vielfaltig Bitt (unsers lieben Mitbruders Ulrich Lauthi) angelanget, dir zu dienen mit der Gab, so ich entpfangen hab, nach der Lehr 1. Petri 4. Auf daß ich aber nicht wie der faul Knecht (Matthaei 25) erfunden werd, bin ich ihm zu Willen worden mit einem Dialogo, den ich dir hiemit überschick. Des Inhalt ist ein Argument, so unsere Römische mit hoher Stimm ausschreien auf der Kanzel und wo sie Raum haben, die Evangelischen Lehr zu lästern, fürnehmlich mit dem verfluchten Geiz, nachmals mit anderen offenlichen Lastern, welche noch (Gott erbarms) in vollem Schwang bei uns gehnd von den, so Christum noch nicht wahrhaftig im Geist erkennt haben, als wär darumb die Lehr falsch. Mit Disputieren und Schreiben haben sie wenig Ehr erlanget, noch viel weniger mit ihren ungezählten Hintertücken, fallen nun auf das sündig Leben, welches, ich hoff, werd kurzer Zeit fallen durch den Hall der evangelischen Pusaun wie die Stadtmaur Hiericho, Josuae 6. Alsdann haben sie nichts wider uns, dann sie vielleicht die Händ in dem christlichen Blut waschen, auf daß die Zahl der Mitbrüder, so umb des Gottes Worts willen erwürgt werden, erfüllt werd, Apocalypsis 6, wie dann angefangen ist. Gott stärk uns alle, in seinem Wort zu verharren bis ans End und selig werden. Amen. Matthaei 24.

Geben zu Nürnberg, am Tag Michaelis, im 1524. Jahr.

Matthaei 26:
Der Geist ist willig, aber das Fleisch ist schwach.

Romanus: Pax vobis, lieber Junker Reichenburger.
Reichenburger: Seid mir Gott willkomm zu tausend Malen, wirdiger Vater Romanus! Euer Zukunft in mein Haus bedeut wahrlich ein Schnee, seit Ihr mein Haus nun bei drei Jahren gemieden habt. Was gebiet Ihr?
Romanus: Zwar nit viel. Ich hab mit Euch zu reden eines Geschäfts halb, vor dreien Jahren geschehen. Darin seid Ihr ein Vormund.
Reichenburger: Ich wollt fürwahr wähnen, Ihr wölltet Euer Kleid der Geizigkeit (Geistlichkeit sollt ich sagen) hierin bei mir abziehen und wollt ein Christ werden, seit Ihr also unversehens und einig zu mir hereinschleicht.
Romanus: Ich will mein Kutten noch wohl länger tragen, der Mildigkeit halben, so ihr neuen Evangelischen übet und treibet untereinander, und Ihr seid mir nur zu lieb darzu, wöllt Euch sunst anders antwurten.
Reichenburger: Sagt an, wirdiger Vater, was Ihr wißt, jedoch die Wahrheit; bedurft mein nicht verschonen.
Romanus: So schaut in Spiegel Euers Herzens, wie rein Ihr seid des Geiz halb, und nicht allein Euch, sunder sehet an alle diese Welt vom Mindsten bis zu dem Meisten, so findet Ihrs alles überschwemmt mit Geizigkeit, daß Jesajas wohl wahr sagt am 6. Kapitel: Von dem Mindsten bis zu dem Meisten, all gehend sie nach der

Geizigkeit. Ihr neuen Evangelischen wendet aber euer Augen allein auf uns Münich und Pfaffen, sam seien wir allein geizig, und vergeßt dieweil euer selb darbei. Ihr aber werdt mit uns nit entschuldigt, Christus spricht Lucae am 13.: Meint ihr, daß die Achtzehen, auf welche der Turn in Siloa fiel und erschlug sie, seien schuldig für alle, die zu Jerusalem wohnen? Ich sag nein darzu; sunder so ihr euch nicht bessern, werdt ihr all also umbkummen. Darumb, ihr lieben Evangelischen, tut zuvor den Balken aus dem Aug, darnach das Bechtlein aus euers Bruders Aug, Matthaei am 7.

Reichenburger: Ei, wo betriegen wir die Leut also geiziglich, als ihr Geistlichen uns ein lange Zeit her betrogen habt, als mit Ablaß, Bann, Opfer, Vigil, Seelmeß, guten Werken, mitsampt den Sakramenten, die ihr uns umb Geld verkauft habt, das übrig mit Bettlen und andern Alfentzen abgewunnen.

Romanus: Ei, so betrüget aber ihr einander in Kaufhändeln, Gerichtshändeln, Wucher und in summa durch und durch. Wer will die Hantierung all erzählen, darin der Geiz regiert? Mir ist noch unvergessen, was mir oft in der Beicht fürkummen ist, wenn ichs reden dörft.

Reichenburger: Wirdiger Vater, sagt mirs beichtweis hie unter der Rosen! Ich mag die Wahrheit wohl hören, wie bitter sie ist.

Romanus: Von wannen kummt das Fürkaufen, als Wein, Getreid und Salz und alles, was man erdenken mag? Kummt es nicht aus dem Geiz?

Reichenburger: Ei, nicht redt also! Sollt man bei gemeiner Stadt nicht solche Leut haben, wurd es oft in Teurungen, Kriegsläuften oder andern Nöten klein zugehn. Steht nicht Proverbiorum 6: O Träger, siehe zu der Ameisen und merk ihre Weg und lern die Weisheit, sie bereitet ihr Speis im Summer und sammlet im Schnitt, daß sie eß.

Romanus: Ich red nit von Fürkaufen, da man Nutz sucht einer ganzen Gemein und gleich einen ziemlichen Pfenning zu Gewinn nimmt, und noch viel weniger, wo ein Oberkeit fürkauft und gemeinen Nutz sucht, sunder allein red ich von den Fürkaufern von Eigennutz und Gewinns halb, und dem Fürkaufer leid wär, daß nachmals Wein, Getreid und anders wohl geriet, frohlocken in dem ungeraten Jahr, verbergen den Fürrat in der Not, wo sie verhoffen, mehr Gelds daran zu erhalten. Von denen steht Proverbiorum 11: Der da verbirgt sein Getreid, der ist verflucht unter den Völkern. Und Levitici 25: Du sollt dem Armen dein Speis nit mit Ubersatz auftun. Und Deuteronomii 23: Du sollt an deinem Bruder nicht wuchern, weder mit Geld noch mit Speis noch mit all dem, damit man wuchern kann. Und Amos 8: Höret das, ihr zerknischet den Armen und machet manglen die Durftigen der Erd, saget: So der Schnitt vergeht, verkaufen wir die Lohn, und den Sabbath wir tun auf das Getreide, wir mindern die Maß und mehren den Säckel und verkaufen die Spreuer des Getreids, das wir besitzen, den Durftigen im Silber. Und der Herr schwur: Ich wird nit vergessen aller ihrer Werk bis ans End.

Reichenburger: Fürkaufen in solcher Maß ist nicht ein christlicher Handel, es tu gleich, wer da wöll!

Romanus: Auch regiert der Geiz in Gesellschaftern, also daß sie etlich War zu Hauf aufkaufen, andern aus den Händen, und dann zu sich bringen als Spezerei und was dann ihr Handel und Gewerb ist, machen damit ein Aufschlag, wenn sie wöllen, beschweren also Land und Leut. Ist das gut evangelisch?

Reichenburger: Es ist auch unrecht, wann alles, das ihr wöllt, das euch die Leut tun, das tut ihn auch wiederumb, Matthaei 7.

Romanus: Auch regiret der Geiz mit böser War, schwört sie oft eim mit Gewalt ein, darob oft ein Armer verdirbt; das ist verboten, Levitici 19: Ihr sollt nit stehlen, liegen noch fälschlich handeln einer mit dem andern, und Ecclesiastici 34: Der den Armen betreügt, ist ein Mann des Bluts, und 1. Thessalonicensium 4: Niemand greif zu weit noch vervorteil sein Bruder im Handel; dann der Herr ist ein Rächer über das alles. Wo bleiben dann die, so gute War erst in ihrem Gewalt fälschen? Ist das gut evangelisch?

Reichenburger: Ei, das seind unchristlich Händel. Es spricht Malachias 1: Verflucht sei, der betrieglich handelt.

Romanus: Auch regiert der Geiz mit falscher Waag, Maß, Zahl, Überschnellen in Rechnung, Anschreiben, ist verboten Levitici 19: Ihr sollt nit ungleich handeln am Gericht mit Ellen, mit Gewicht, mit Maß etc., und Proverbiorum 11: Ein triegliche Waag ist ein Fluch bei Gott, und Lucae 6: Mit was Maß ihr meßt, wird euch wiederumb gemessen. Ist solchs gut evangelisch?

Reichenburger: Ei, wer heißt es gut, was wider Gott und die Lieb des Nächsten ist?

Romanus: Weiter regiert der Geiz gewaltiglich unter den Kaufherren und Verlegern, die da drucken ihre Arbeiter und Stückwerker; wenn sie ihnen ihr Arbeit und Pfennwert bringen oder heimtragen, da tadeln sie ihn ihr Arbeit aufs hinderst. Dann steht der arm Arbeiter zittrend bei der Tür mit geschloßnen Händen, stillschweigend, auf daß er des Kaufherren Huld nit verlier, hat etwan vor Geld auf die Arbeit entlehent, alsdann rechent der Kaufherr mit ihm, wie er will. Büßt der Arm sein eigen Geld ein zu seiner Arbeit, dann freut sich der Reich des guten wolfen Kaufs, meint, er hab ihm recht getan. Hört aber, was steht Levitici 25: Wenn du deinem Nächsten verkaufst oder abkaufst, sollt du ihn nit schinden! Und Deuteronomii 24: Nicht vervorteil den Lohn des Benötigten und Armen, auf daß er nicht den Herren uber dich anrüf und sei dir Sünd. Und Ecclesiastici 34: Der da vergeußt das Blut und betreugt den Arbeiter, seind Brüder, und der da abnimmt das Brot im Schweiß, ist, als der da tödt den Nächsten.

Reichenburger: Ihr sagt aber nicht darbei, wie stolz die Arbeiter seind. So man ihr bedarf, kann man ihns nicht genug bezahlen und kann dannocht niemand nichts von ihn bringen.

Romanus: Ihr Pochen kann nicht lang währen. Alsdann wirds ihnen zwiefältig eingetränkt, so der Handel stöckt, oder im Winter, so es allenthalben klemm ist, da müssen sie euch wohlfeiler geben. Im Summer habt ihr ihm die Haut abzogen, im Winter saugt ihr ihm das Mark aus den Beinen. Ist das gut evangelisch, daß die Armen also Tag und Nacht über und über arbeiten und sich doch des Hungers mit Weib und Kind kaum ernähren mögen? Gedenkt ihr nit, Gott erhör das Wehklagen, wie Exodi 6: Ich hab erhört das Wehklagen der Kinder Israel, die die Ägyptier mit Fronen beschwerten.

Reichenburger: Sölches Schinden hat mir mein Leben lang nie gefallen! Es ist allerding unchristenlich.

Romanus: Weiter regiert der Geiz in dem Wechsel, der so mancher Gestalt ist ohn Zahl. Weiter regiert der Geiz: Verkauft einer umb bar Geld ein War umb hundert Gulden, soll man borgen ein halb Jahr, muß man fünf oder sechs Gulden mehr geben. Dies ist nit evangelisch.

Reichenburger: Ei Lieber, der Verkaufer gewunne dieweil mit dem baren Geld wohl soviel, als ihm der Kaufer hinübergibt.

Romanus: Wie, wenn er soviel verlur oder die Hauptsumm gar? Darumb: will man borgen, soll man ohn Aufsatz borgen, wann es steht Matthaei am 5.: Wer von dir borgen will, von dem kehr dich nicht.

Reichenburger: Ich hör wohl. Wenn einer von mir wöllt borgen umb hundert Gulden und ich hätts zu borgen, wer ichs ihm schuldig zu borgen? Nein, sunder allein bin ichs schuldig zur Notdurft und nit zum Überfluß zu borgen. Also auch mit dem Leihen. Lucae 6: Leihet, da ihr nicht für hoffet! Ist nur auf die Notdurft des Nächsten und nit zum Überfluß. Sollt man jedem leihen nach seinem Begehren, man fund manchen Schlüffel, fordert mehr dann drei gewunnen mit Spielen, Prassen und anderm. Also hulf man ihm darzu und wär wider Gott.

Romanus: Es mag vielleicht also sein. Auch regiert der Geiz im Lehen unerzählt mit viel Aufsätzen, wann gewohnlich sucht der Lehenherr seinen Eigennutz mit des Armen Schaden: Da leicht er böse Münz für gute, böse War für gute, oder leicht ein Summa Geld ein Jahr umb ein Gulden zwen hinüber, das ist je Wucher, es sei dann die Schrift falsch, Exodi 22: Wenn du Geld leichest meinem Volk, das arm ist, sollt du dich nicht als ein Wucherer gegen ihm halten und keinen Wucher auf ihn treiben. Und Levitici 25: Wenn dein Bruder verarmet und abnimmt bei dir, sollt du ihn aufnehmen und nit Wucher von ihm nehmen noch zuviel, sunder sollt dich vor deinem Gott fürchten, auf daß dein Bruder neben dir leben künne, dann du sollt ihm dein Geld nicht auf Wucher tun.

Reichenburger: Darf man dann kein Liebung nehmen für Mühe und Arbeit, so man groß Summa Geld ausleicht, das der Mühe wert ist?

Romanus: Es leidet sich weder Schenk, Trinkgeld oder wie mans nennen mag, wann Christus spricht stracks Lucae 6: Ihr sollt leihen, da ihr nichts für hoffet, so wird euer Lohn groß sein und werdet Kinder des Allerhöchsten sein. Will man aber dem Spruch ein Nasen drehen, also: Man soll nit hoffen; gibt man aber die Hauptsumm und schenket etwas darneben, so mag mans nehmen, so leit aber der Spruch hart am Weg, Hesecielis 18: Ein Mann, der da tut die verfluchten Werk, der da leicht zum Wucher und mehr dann das Hauptgut einnimmt, wird er dann leben, so er tut die verfluchten Ding? Er wird nit leben, er stirbt des Tods und bleibt sein Sünd auf ihm, spricht der Herr. Hie hört Ihr klärlich, was über das Hauptgut eingenummen wird, es sei wenig oder viel, die Hauptsumm sei groß oder klein, man geb ihm Namen, wie man wöll, so steht die Schrift hie und heißt es Wucher. Aber die Lehen oder Zinskauf auf Weinberg, Gärten, Äcker, Wiesen, Wälde, Fischwasser, Häuser, Städel oder wie solche liegende Güter genannt werden, laß ich den Titel und Namen, den ihm der Prophet Nehemias am 5. Kapitel gibt. Der Rein wird ihn nit abwäschen.

Reichenburger: Es ist nicht weniger, ein großer Mißbrauch ist im Lehen und leider sehr eingerissen.

Romanus: Ja, je eingerissen, daß der Spruch redlich erfüllt ist zu unser Zeit, Psalterii 54: Es hört der Wucher und Betrug nit auf in ihren Gassen. Dies aber alles geht über die Armen, wie Proverbiorum am 28.: Der da sammelt die Reichtumb mit Wucher und mit freiem Wucher, der sammelt sie wider die Armen. Darumb drohet Gott dem Wucherer durch Hesecielem am 22.: Du hast genummen den Wucher und die Überflüssigkeit, und geiziglich hast du genöt deine Nächsten, und du hast mein vergessen, spricht der Herr Gott, und ich schlug zusammen mein Händ ob deiner Geizigkeit, die du hättest. Und Amos 4: Ihr feisten Küh, höret das Wort des Herren, die ihr seid an den Bergen Samariae, die ihr tut Zwangsal dem Durftigen und zerknischet den Armen. Wie man dann täglich sieht, daß die Wucherer feist werden vom Blut der Armen.

Reichenburger: Ei, ei, ei! Was soll ich antworten? Die Wahrheit ist zu augenscheinlich am Tag.

Romanus: Wie gewaltig regiert dann der Geiz mit den armen Schuldigern, die nit zu bezahlen haben? Da nimmt er ihn, was sie haben, würft sie in die Türn. Ist das evangelisch?

Reichenburger: Wenn man fährt nach Ordenung des Rechten, ist das unrecht?
Romanus: Ihr wöllt evangelisch sein? Nun lobt je Sant Paulus das Gericht nit sehr unter den Christen, 1. Corinthiorum 6, und nicht unbillig, wann es oft gar unchristlich daran zugeht mit falschen Zeugen, Eidschwören, das Recht lenken, biegen, Appellieren, das Recht verlängen; da gehts: weil Geld, weil Procurator, nimmer Geld, nimmer Procurator; da regiert der Geiz mit vollem Schwang. Da werden die Juristen reich von den Schenken und Hellküchlein. Diese falsche Juristen malet Gott ab durch Jeremiam am 5. Kapitel: Die Gottlosen seind erfunden unter meinem Volk, verborgen als die Vogler, sie legen die Strick und die Kloben, zu fahen die Mann. Als ein Fall ist voll Vögel, also ist ihr Haus voll Falsch. Darumb seind sie großmächtigt und gereicht und übergingen böslich meine Wort; sie urteilen nicht die Sach der Witwen und richten nicht die Sach der Waisen und urteilen nicht das Urteil der Armen. Heimsuch ich dann nicht diese Ding? Und Deuteronomii 27: Benedeit Gott diese falsche Juristen? Spricht: Verflucht sei, wer das Recht des Fremdlingen, des Waisen, der Witwen beuget! Und alles Volk sage: Amen. Darumb sollt ihr die Armen nicht am Gericht umbziehen, sunder mit ihnen handeln nach Laut des Wort Gottes, Proverbiorum am 22.: Nicht tu Gewalt dem Armen darumb, daß er arm ist, noch zerknisch den Durftigen vor Gericht; wann der Herr urteilt sein Sach und peiniget, die da haben peiniget sein Seel.
Reichenburger: Wie muß man dann mit den Schuldnern leben, daß christlich wär, es sei für Schuld, wie sie genannt mag werden?
Romanus: Es steht Deuteronomii 24: Wenn du deinem Bruder borgest, sollt du nit in sein Haus gehn und ihm ein Pfand nehmen, sunder sollt vor dem Haus stehen, und der, dem du borgest, soll sein Pfand heraus zu dir tragen. Ist er aber benötigt, so sollt du dich nicht schlafen legen ob seinem Pfand, sunder sollt ihm sein Pfand wiedergeben, eh die Sunn untergeht, daß er in seinem Kleid schlaf und gesegen dich. Das wird dir vor Gott, deinem Herren, zu einer Gerechtigkeit gerechnet werden. Und Jesajae 58: Das ist das Fasten, das ich erwählt hab: Lös auf die Zusammenbindung, zerreiß die Schuldzettel, laß die frei, die schwach seind. Und Hesecielis 18: Wiedergib das Pfand dem Schuldner, nimm nichts mit Gewalt. So ist das neu Gesetz allenthalb voll Lieb, Lieb, Lieb.
Reichenburger: Man findt aber viel böser Zahler, die es wohl hätten, dergleichen viel trunkner Bölz, Spieler, Hurer, die also das Ihr unnütz ohn werden und schuldig seind, kann doch mit Lieb noch Güten niemand nichts von ihn bringen, ligen und vertrösten für und für, halten kein Glauben: Soll mans dann nicht rechtlich erfordern?
Romanus: Ja, die soll die weltlich Oberkeit darzu halten; wann sie trägt das Schwert zu Rach der Bösen, Romanorum 13. Ich sag allein von den Armen, die ihres nicht

zu unnutz ohn werden, sunder in Krankheit und ander Unfall arm seind worden. Und dannoch findt man manchen Geizwurm, ders nicht notdurftig ist und dannoch einen Armen von häuslichen Ehren treibet. Von denen spricht Micheas 2: Sie haben begehrt die Äcker und haben sie gewaltiglich genummen und die Häuser beraubet. Darumb spricht der Herr: Ich gedenk böse Ding über dies Volk, und ihr werdet euer Häls nicht darvon abnehmen. Und Proverbiorum 14: Der da peiniget den Brestenhaftigen, der lästert seinen Schöpfer. Weiter am 22.: Der da peiniget den Armen, daß er sein Reichtumb mehr, der wird es geben dem Reichern, und er wird durftig werden. Dieser Spruch rinnt manchen Unbarmherzigen in Busen oder aufs wenigst seinen Kindern. Denn nach des Alten Tod das Gut verschwindt wie der Reif vom Zaun, obgleich der Alt karg im Reichtumb bleibt sitzen sein Leben lang, kratzt und scharrt stets herzu mit oben angezeigten Stücken und Tucken (wann der Bauch der Geizigen ist unersättlich, Proverbiorum am 13.) und braucht doch der Reichtumb nicht, wie dann steht Sapientiae 5: Der Geizig wird nicht erfüllt mit Geld, und der liebhat die Reichtumb, wird nit nehmen die Frücht aus ihn. Und Amos 5: Darumb daß ihr habt betrübet den Armen und nehmt von ihm den erwählten Raub, ihr werdet bauen mit Quadersteinen Häuser und werdt nit wohnen darinnen. Ihr werdt pflanzen die allerlieblichsten Weinberg und werdt nicht trinken den Wein aus ihn, wie dann dem reichen Mann geschach, Lucae 12. Der sprach: Iß und trink, liebe Seel, du hast ein großen Fürrat auf viel Jahr, sei fröhlich. Gott sprach aber: Du Narr, diese Nacht wird man dein Seel von dir fordern, und wes wirds sein, das du bereit hast? Also geht es (spricht Christus), wer ihm Schätz sammelt und ist nicht reich in Gott. Darumb spricht Christus Matthaei 16: Was hulfs den Menschen, daß er die ganz Welt gewunn und litt doch Schaden an seiner Seel. Auch steht Ecclesiastici 5: Nicht wöllest sorgsam sein in den ungerechten Reichtumbern, dann sie nützen dir nicht in dem Tag deiner Begräbnüs und an dem Tag der Rach. Und Hesecielis 7, Sophoniae 1: Ihr Silber und ihr Gold mag sie nit helfen am Tag des Zorns des Herren. Darumb, lieber Junker Reichenburger, wär viel besser, wie Proverbiorum 15: Wenig mit der Forcht Gottes, dann viel Schätz und unersättlich; wann es spricht Habakuk 2: Weh dem, der zusammensammlet die bösen Geizigkeit. Und Ecclesiastici 10: Nichts ist Ülbeltätigers dann der Geizig, nichts ist böser dann liebhaben das Geld: wann der hat feil sein Seel! Und Christus Lucae 12: Hütet euch vor dem Geiz; wann niemand lebt darvon, daß er volle Genüge hab an seinen Gütern.

Reichenburger: Ein wahrhafter Christ weiß wohl, daß er nur ein Schaffner ist über das zeitlich Gut und daß man nichts mit ihm eingräbt, wie Ecclesiastici 5: Als er ist ausgangen von dem Leib seiner Mutter, also kehrt er wieder und nimmt nichts mit ihm von seiner Arbeit. Und 1. Timothei 6: Wir haben nichts in die Welt bracht;

darumb offenbar ist, wir werden nichts draus bringen. Derhalb ein wahrer Christ nicht sorgfältig ist umb das Zeitlich, daß er viel Schätz sammel, wie Matthaei 6, sunder wie 1. Timothei 6: Wenn wir Futter und Deck haben, so laßt uns benügen; dann die da reich werden wöllen, die fallen in Versuchung und Strick und viel schädlicher Lust, welche versenken den Menschen in Verderben und Verdammnüs. Warumb wöllt dann ein Rechtgläubiger sich mit solchen von euch vor angezeigten Stücken und Tücken besudeln? Wo aber einem recht gewunnen Gut zusteht, in Erbfall, Heirat oder mit gerechten Kaufhändeln, sollt derselbig darumb nicht Gott anhangen mögen?

Romanus: Christus spricht Matthaei am 6.: Wo euer Schatz ist, da ist auch euer Herz, und niemand kann zweien Herren dienen. Eintweder er wird den einen hassen und den andern lieben. Ihr könnt nicht Gott dienen und dem Reichtumb; wann der Samen des Wort Gottes, so unter die Dörner der Reichtumb fällt, wird durch Sorgfältigkeit erstickt, geht nie auf, daß er Frücht bring, Matthaei 13. Darumb geht es hart zu, wie Christus spricht Matthaei 19, Marci 10, Lucae 18: Wie schwerlich werden die Reichen ins Reich Gottes kummen! Leichter ist, daß ein Kamel durch ein Nadelöhr geh.

Reichenburger: Es steht Marci 10 mit den Worten: Wie schwer ist, daß die, so ihr Vertrauen in die Reichtumb setzen, ins Reich Gottes kummen! Also waren Abraham, Isaac, Jacob, David, Hiob und viel Väter reich, setzten aber kein Hoffnung darein. Ists nit noch möglich, daß man reich sei und doch das Herz nit auf die Reichtumb setz, wie Paulus lehrt 1. Corinthiorum 7: Die da kaufen, sollen tun, als behielten sies nit, und die sich dieser Welt gebrauchen, als brauchten sie ihr nit. Wo das Herz also frei, ledig von den zeitlichen Gütern gelassen steht, sein Zuversicht in Gott und nit in die Güter setzt, ihm benügen läßt, nit geiziglich darnach strebt, sunder bereit ist sie zu lassen, wenn Gott will, und sich sein christlichen braucht gen den Armen, wie Lucae 16: Macht euch Freund von dem unrechten Mammon, auf daß sie euch, wenn ihr darbet, in ihr ewige Hütten nehmen!

Romanus: Ja, es ging hin, solcher Maß reich zu sein. Wo aber der Armen vergessen wird, sunder zu ihm zeucht, wie vor gesagt, oder aber die Reichtumb verzehrt mit großem Pracht und Wollust des Leibs, wie der reich Mann, Lucae 16, herrlich bekleidet, aß und trank all Tag scheinbarlich, ließ den armen Lazarum manglen der Brosämlein, vor der Tür sitzen elend; zu solchen Reichen wird auch in jener Welt mit dem reichen Mann gesagt: Sun, gedenk, du hast Gutes empfangen in diesem Leben, die Armen aber Böses. Nun aber werden die Armen getröst, und du aber wirst gepeiniget.

Reichenburger: Ei, man findt, Gott sei Lob, viel Reicher, seit das Wort Gottes also klar gepredigt wird, die Hausarmen und andern mildiglich Handreichung tun, leihen und geben.

Romanus: Oh, die Armen werden bei etlichen Reichen saur entpfangen, wie Proverbiorum 18: Der Arm redt mit Bittungen, der Reich aber spricht härtiglich aus. Nun steht 1. Johannis 3: Wer dieser Welt Güter hat und sicht sein Bruder mangeln und schleußt sein Herz vor ihm zu, wie bleibt die Lieb Gottes in ihm? Weiter am 4.: Wer sein Bruder nit liebet, den er sicht, wie kann er Gott lieben, den er nit sicht? Darbei spürt man, daß ihr nur habt das evangelisch Wort und nicht die Werk. Seit man die Lieb so klein spürt, so seid ihr allein ein klingende Schell, wie euch Paulus nennt 1. Corinthiorum 13.

Reichenburger: Söllt man jedem geben nach seinem Begehr, verließ sich mancher darauf und läge auf der Bettlerei und arbeitet nit; sie seind nit all notdurftig, die bettln. Darumb ist man ihn nit allen schuldig zu geben; wann wer nit arbeit, der soll nit essen, 2. Thessalonicensium 3.

Romanus: Welche also wohl arbeiten mögen, tuns aber nit, legen sich auf den faulen Bettel, die sollt man strafen, daß nit andere Arme ihr entgelten müßten. Jedoch seid ihr etwas den Armen zu härt. So ein Armer etwan seltsamer Zeit Wein trinkt (dem es vielleicht auch not tut), sprecht ihr Reichen dann: Was soll man den Armen geben? Sie verfressens, versaufens alls. Sollich Auszug und dergleichen sucht allein der verborgen Geiz im Herzen. Seit ihr nun im geringsten nit treu seid, wer will euch das mehrer vertrauen? Lucae 16: Darbei erkennt man auch, daß ihr Kinder dieser Welt und nit Kinder des Lichts seid. Paulus heißt den Geiz ein Abgötterei, Ephesiorum 5, und ist eben recht benennt; wann ihm dienen nit allein die Reichen an Gütern, sunder allerlei Ständ. Secht, wie Bauren, Handwerksleut so eigennützig seind, und zeucht jeder in seinen Sack und ist des Neiden, Hassen, Rechten, Fechten kein End bei ihn, wöllen dannocht all gut evangelisch sein, und ist alles voll Geiz (wie vor geredt), vom Mindsten bis zum Meisten, bedarf nit viel Probierens, der täglich Brauch zeigt es augenscheinlich mit den neu Finden, Liegen, Triegen, Enttragen, Verraten, Stehlen, Rauben, Mörden, Falschspielen, Sich-selbs-Henken, - Tränken, daß Paulus wohl wahr sagt, 1. Timothei 6: Geiz ist ein Wurzel alles Übels. Wie dunkt euch nun, lieber Junker, ob ihr Laien wohl gleich Wasser mit uns Geistlichen an einer Stangen trüget des Geiz halben? Welcher unter euch ist ohn Sünd, der werf den ersten Stein auf uns, Johannis 8.

Reichenburger: Ich bekenn, daß leider viel eigennütziger, karger Reichen unter uns seind, wie von Euch angezeigt, dargegen aber auch gute Christen, die Überschwall Almusen geben in der Still, nit wie die Pharisäer, daß man vorbusaun, sunder, wie Matthaei 6, daß die link Hand nit weiß, was die recht tut. Darnach meint ihr Klosterleut, darumb daß man euch nimmer viel geb, schenk, stift, es gäb niemand kein Almusen mehr und sei den Armen härt; die rechten Armen klagen nicht, allein die faulen Sterzer. Darumb dürft ihr die evangelischen Lehr nit mit dem Geiz besudeln von etlicher Geizwürm wegen, so mehr heidnisch dann christlich leben. Wes das Herz voll ist, geht der Mund über, Lucae 6, also ist euch auch.

Romanus: Ich red, wie ich weiß; wann euer der meist Teil, die sich evangelisch rühmen, liegen im Geiz bis über die Ohren.

Reichenburger: Ich bin guter Hoffnung, das Wort Gottes werd den Geiz mitsampt bösen Händeln und offenlichen Lastern zu Boden stoßen mit der Zeit; wann Gott spricht durch Jesajam 55: Als der Regen und Schnee niedersteigt vom Himmel und kehrt nit wieder dar, sunder begeußt die Erd und macht sie grünen und gibt den Samen dem Säenden und das Brot dem Essenden: also ist mein Wort, das da ausgeht von meinem Mund. Es kehrt nit wieder zu meinem Mund, sunder es wird glücklich fahren in all dem, darzu ich es aussende.

Romanus: Ihr habt das Wort Gottes (wie ihrs nennt) lang predigt; ich sich aber noch kein Änderung, dann was ihr mit uns Geistlichen mutwillt.

Reichenburger: Da tut es auch am nötsten; wann euer lügenhaftige Lehr und Menschengebot haben zu hart eingewurzelt. Da hat man noch lang an auszureuten und pflanzt allmit das lauter Wort Gottes neben auf. Gott wird das Gedeihen wohl geben, wie 1. Corinthiorum 3, wie auch Christus spricht Marci 4: Wie der gesäet Samen ohn alle Zutuung des Baumanns selber aufgeht, bringet von ersten Gras, darnach Eher, darnach vollkummen Frücht des Weizen, also auch dürf wir nit sorgen, wenn die Frucht folg, wo das Evangeli recht predigt wird: sie kumbt von ihr selbs.

Romanus: So hör ich wohl, man muß nur predigen: Glaub, glaub! Lieb, lieb! Und die hellisch Grundsupp des Geiz, Ehbruch und ander offenlich Laster schweigen, die wider Gottes Gesetz täglich im Schwang gehend. Da wird sich die falsch Vernunft fein auswicklen und ihr Sach gerecht glossieren. Gott aber spricht durch Jeremiam 51: Nicht wöllet schweigen ihrer Missetat, wann die Zeit ihrer Rach ist von dem Herren. Und durch Heseciclem 22: Du Sun des Menschen, urteilst du dann nit die Stadt der Sünden und zeigest ihr all ihr verfluchte Werk? So aber solchs gescheh, glaub ich, euer wenig wurden herfür treten mit Zachaeo, Lucae 19, und sprechen: Siehe, Herr, den halben Teil meiner Güter gib ich den Armen, und so ich einen betrogen hab, gib ichs vierfältig wieder. Sunder vielmehr wurden euer viel hinter sich treten und sprechen: Das ist ein harte Red, wer mag die hören? Wie die Junger, Johannis 6, wurd vielleicht zuletzt selber mit Fäusten dareinschlagen, wo euch darunter abging oder euer Schand und Laster vor aller Männiglich an Tag käm. Wohl hört ihrs gern, weil es über Münich und Pfaffen geht, wie Herodes hort

Johannem auch Christum predigen und gehorcht ihm in viel Sachen. Do er ihm aber sein eigen Missetat anzeiget der Herodiae halb, da mußt Johannes in Kerker und den Kopf verlieren. Das schmecken auch euer evangelisch Prediger und halten fein hinter dem Berg.

Reichenburger: Ei, verziecht! Es wird mit der Zeit alls an Tag kummen; wann das Gesetz Gottes muß allweg neben dem Evangeli erklärt und angezeigt werden, dem Menschen sein boshaftig Herz, welchs von Jugend auf zu Bosheit geneigt ist, Genesis am 8., erschrecken und demütig zu machen, alsdann wird er begierig der Gnad, so ihm durch Christum im Evangelio fürgetragen und angeboten wird. Also macht das Gesetz das Herz nit rechtfertig vor Gott, sunder bereit das Herz zu der Rechtfertigung. Das durch das Evangelium geschicht, das verändert das Herz mit einem lebendigen Vertrauen in Christo, wo Gott mitwürkt, Colossensium 2. Alsdann folgen rechtgeschaffne Frücht hernach.

Romanus: Der guten Frücht spür ich noch keine unter euch, sunder wo es dem Leib wohl tut, als nit beichten, fasten, beten, kirchengehn, opfern, wallen und mit Fleisch essen, aus den Klöstern laufen und dergleichen ist im Brauch, und über das bleibt ihr unverschampt in vorigen heidnischen Lastern, als Geiz, Ehbruch, Hurerei, Feindschaft, Aufruhr, Zorn, Zank, Neid, Haß, Nachreden, Mord, Untreu, Spielen, Gottslästern, Zutrinken, Saufen, Tanzen, Hoffart, Stechen, Rennen, Ungehorsam. Aus diesen Früchten man euch Heiden und nit Christen urteilet; wann Christus spricht Matthaei am 7.: Bei ihren Früchten sollt ihr sie erkennen.

Reichenburger: Sie seind leider den wenigsten Teil Christen, die sich schon des Evangelion rühmen; wann der Spruch bleibt wahr, Matthaei 22: Viel seind berufen, wenig aber auserwählt. Diese haben nur ein gedichten Wahn, aus Fleisch und Blut erschöpft, und wenden die evangelischen Freiheit zur Lust und Raum des Fleisch, darvor Paulus warnet, Galatarum 5, treten also die edlen Margariten ins Rot wie die Schwein, Matthaei 7, bleiben also in ihren vorigen heidnischen Lastern ersuffen und verstockt, dem Evangelio zu großer Schmach und Ärgernüs. Mit der Zeit wird aber gegen solchen und andern dergleich gehandelt nach der Lehr Pauli I, Corinthiorum 5: Gott erbarm sich ihr und unser aller; wann wir seind alle Sünder und ist keiner, der nicht sündiget, 3. Regum 8.

Romanus: So hör ich wohl, die rechten Christen leben auch nit ohn Sünde.

Reichenburger: Ja, es steht 1. Johannis 1: So wir sagen, wir haben kein Sünd, so verführn wir uns selbs, und die Wahrheit ist nit in uns; wann weil Fleisch und Blut lebet, sucht es alle Zeit das Sein wider den Geist, wie Galatarum 5: Das Fleisch gelustet wider den Geist und den Geist wider das Fleisch. Da dienet das Kreuz und Leiden zu. Wie 1. Petri 4: Wer im Fleisch leidet, der hört auf von Sünden. Auch läßt Gott seine Auserwählte fallen zu Zeiten in außere Laster als David in Ehbruch,

2. Regum 11, und Petrum in die Verlaugnung, Matthaei am 26., und kumbt ihnen doch alles zugut, werden nach getaner Sünd durstig nach Gottes Barmherzigkeit, schreien: Abba, lieber Vater, vergib uns unser Schuld, Romanorum 8, Matthaei 6, werden alsdann von Gott genädiglich angenummen wie der verloren Sun, Lucae am 15., und fester im Glauben dann vor. Das Fallen und Aufstehen währt für und für, wie Proverbiorum am 24.: Der Gerecht fällt im Tag sieben Mal, bis doch endlich im Tod der alt Adam, Fleisch und Blut, gar untergeht; alsdann kumbt ein vollkummen geistlich Leben; des durf wir hie mitnichten warten in dem Leib der Sünden.

Romanus: Ich hab Sorg, lieber Junker, wenig Leut nehmen diese Lehr dermaßen an, wie ihr saget. Man spürt je weder Gottsdienst noch die Werk der Lieb etc.

Reichenburger: Ihr saget immer spüren, spüren! Wißt Ihr nicht, das Reich Gottes kumbt nicht mit Aufmerken, daß man möcht sprechen: Siehe hie oder da, sunder es ist inwendig im Herzen, Matthaei am 17. Der wahre Gottesdienst geht nicht mit äußern Gebärden: Die wahren Anbeter beten Gott im Geist und in der Wahrheit an, Johannis am 4. So gehnd die Werk der Lieb gegen dem Nächsten ganz einfältig in der Still, ohn allen Pracht. Derhalb meinen die Werkheiligen, es diene niemand Gott wie zu der Zeit Eliae (3. Regum am 19.), meint auch, er dient allein dem wahren Gott in Israel, waren doch wohl siebentausend, die ihre Knie nit vor dem Abgott Baal gebogen hätten und Gott dienten. Also auch meint ihr Geistlosen, es besser sich der heilsamen evangelischen Lehr niemand, seit die auswendigen Sünd noch im Schwang gehnd, voraus von den, die sich evangelisch rühmen, mitsampt andern Weltkindern. Also muß es aber gehn: wie die Philistiner, Kanaaniter, Sidoniter, Hethiter unter Israel wohnten (Judicum 3), also muß gut und bös untereinander wohnen; Gott aber weiß die Gottseligen aus der Versuchung zu lösen, die Gottlosen aber zum Tag des Gerichts zu peinigen, 2. Petri 2. Also erhält Gott die Seinen in der boshaftigen Welt wie die drei Kinder im feurigen Ofen (Danielis am 3.), wachsen also unter den Weltkindern auf, in der Still, veracht, verfolgt und verschmecht, unachtsam wie die Lilig unter den Dörnern (Canticorum 2), der Welt ganz unbekannt bis zu der Zeit der Ernt; alsdann werden die Weltkinder mitsampt dem Unkraut ins Feur geworfen und die Kinder Gottes mitsampt dem Weizen in die ewig Scheuren behalten.

Romanus: Hört, hört, man läutet Vesper! Wie sein wir in das Gezänk kummen? Mein fürgenummen Sach ist noch unausgericht.

Reichenburger: Ihr habt uns zwar gnug bestochen; ich glaub, seit ihr uns der Lehr nicht schänden künnt, so wöllt ihr sie schmähen mit unserm sündigen Leben.

Romanus: Ei, so tut euch des heidnischen Leben ab (I. Petri am 4.), lebet nach dem Willen Gottes christlich! Alsdann spricht man: Diese neue Lehr ist aus Gott;

wann das Volk wird gottselig darvon, wann ein guter Baum kann je kein böse Frucht bringen. Ein guter Mensch bringt Guts herfür aus dem guten Schatz seines Herzen (Lucae am 6. Kapitel).

Reichenburger: Ihr seid übersichtig, secht nur in die Höhe, auf den großen weltlichen Haufen, der dann (wie vor) allemal mit lästerlichen Sünden hereinfährt. Daran werdet ihr dann gar starnblind, fallt wieder zuruck auf euer zierliche Gleisnerei, halt die für heilig. Wo ihr aber recht wollt, sollt ihr in die Schrift schauen, was Gott geboten, verboten oder frei gelassen hätt. Wann ihr durch Gnad das ergrifft, alsdann wurdt ihr der Kutten und aller Aufsätz nicht hoch achten!

Romanus: Ich hab noch kein Lust zu euerm Haufen, weil also Rutzigs und Räudigs durcheinander geht. Wenn aber ein Hirt und ein Schafstall wurd, alsdann wöllt ich mein Kutten an Zaun henken und zum Haufen treten. Es hat auch sunst noch ein Griff, ist der fehl, ist es noch hohe Zeit.

Reichenburger: Ihr seid des Volks, da Gott von sagt Jesajae am 65.: Den ganzen Tag hab ich mein Händ ausgereckt zum Volk, das ihm nicht sagen läßt und widerspricht mir. Darumb schaut, daß euer Flucht nit zu spat im Winter oder Sabbath geschehe (Matthaei am 24.).

Romanus: Ein andermal mehr! Ich scheid mit Wissen, lieber Junker Reichenburger. Gott sei mit Euch!

Reichenburger: Amen.

Psalterii 1.
Selig ist der Mann, der sich Tag und Nacht
übet im Gesetz des Herrn. Er wird sein wie ein Holz,
gepflanzt zu den Flüssen der Wasser,
das da gibt sein Frücht zu seiner Zeit.

Der vierte Dialog

Ein Gespräch eins evangelischen Christen mit einem lutherischen. Darin der ärgerlich Wandel etzlicher, die sich lutherisch nennen, angezeigt und bruderlich gestraft wird.

Secunda Corinthiorum 6.
Laßt uns niemand irgend ein Ärgernus geben, auf daß unser Ampt nicht verlästert werd, sunder in allen Dingen laßt uns beweisen wie die Diener Gottes.

Hans: Gruß dich Gott, lieber Bruder in Christo!
Peter: Gott dank dir, lieber Bruder Hans! Wan gehst du? Das ist mir ein seltsamer Gast in meinem Haus.

Hans: Wohlauf gen Predigt! Man hat das erst geläut, und gib mir allmit mein Buchlein wieder von der christlichen Freiheit! Hast dus aber deinem Schwäher, dem alten Romanisten, gelesen?
Peter: O nein!
Hans: Wieso? Hat er sich noch nit bekehret?
Peter: Ei, ich hab ihn, jetzt am Freitag acht Tag, gar aus der Wiegen geworfen.
Hans: Warmit?
Peter: Ei, da kam er unversehens zu mir, da aßen wir eben an einem kälbern Braten. Oh, wie hub der Mann an zu fluchen und schelten, sam hätten wir einen ermordt, wie dann alle Romanisten tund. Seither hat er kein Wort zu mir geredt, ist nie in mein Haus kummen.
Hans: Ei, ei, du hast unrecht daran tan, so du weißt, daß dein Schwäher evangelischer Freiheit noch unbericht ist.
Peter: Wie? Ist dann Fleisch essen Sund? Ich mein, du heuchelst. Ruft nit Christus das Volk zu ihm, Matthaei am 15., und sprach: Horet zu und vernehmts! Was zum Mund eingeht, das verunreinigt den Menschen nit, und Lucae 10: Wo ihr in ein Stadt kummet, da esset, was euch furgetragen wird, und Johannis 8: So euch der Sun frei machet, so seid ihr recht frei, und Paulus 2. Corinthiorum 3: Wo der Geist des Herren ist, da ist Freiheit, und Romanorum 14: Ich weiß und bins gewiß in dem Herren Jesu, daß an ihm selbs kein Speis unrein ist, ohn dem, der es fur unrein rechenet, dem ists unrein. Und zu Tito 1: Dem Reinen ist alles rein, den Unreinen aber und Unglaubigen ist alles unrein, wann unrein ist beide, ihr Sinn und Gewissen, und wieder Romanorum 14: Selig ist der, der ihm kein Gewissen macht über dem, das er annimmt. Lieber, was sagst du zu diesen Spruchen?
Hans: Du hast wahr: Fleisch essen ist an ihm selber kein Sund, seit es von Gott frei und unverboten ist. Paulus aber spricht 1. Corinthiorum 10: Ich habs zwar alles macht, es ist aber nit alles nutzlich; ich hab es alles macht, es bessert aber nit alles. Niemand such, das sein ist, sunder ein jeglicher, was eins andern ist. Und 1. Corinthiorum 8: Sehet zu, daß euer Freiheit nit werd zu einem Anstoß der Schwachen. Und zun Romern 14: Den Schwachen im Glauben nehmt auf und verwirret die Gewissen nicht. Einer glaubt, er mog allerlei essen; welcher aber schwach ist, der isset nur Kräut. Und weiter in dem Kapitel: Es ist viel besser, du essest kein Fleisch und trinkest kein Wein, aber das, daran sich dein Bruder stoßet, ärgert oder schwach wird. Hast du den Glauben, so hab ihn bei dir selb vor Gott.
Peter: Es steht auch hinwieder 1. Corinthiorum 10: Warumb sollt ich mein Freiheit lassen urteilen von einer andern Gewissen? Dann so ichs mit Danksagung nieß, was sollt ich dann verlästert werden ob dem, darumb ich dank?

Hans: Paulus spricht im Text hernach: Seid unanstoßig beiden, Griechen und den Juden und der Gemein Gottes, gleichwie auch ich mich jedermann in allerlei gefällig mach, und such nit, was mir, sun der was vielen zuträglich ist, daß sie selig werden.
Peter: Ich kehr mich nichts daran. Es steht Galatarum 5: So besteht nun in der Freiheit, darmit uns Christus gefreiet hat, und laßt euch nit wiederumb in das knechtisch Joch verknupfen. Und Colossensium 2: Laßt euch niemand Gewissen machen über Speis und Trank und über etlich Tag. Und weiter: Seit ihr dann nun gestorben seid mit Christo von den menschlichen Satzungen, was laßt ihr euch fangen mit Satzungen, als wärt ihr lebendig, die da sagen: du sollt das nicht anrühren, du sollt das nicht essen noch trinken, du sollt das nicht anlegen? Und noch klärer 1. Corinthiorum 10: Alles, das auf dem Fleischmarkt feil ist, das esset, und forschet nicht, zu verschonen der Gewissen.
Hans: Lieber, es folgt weiter im Text 1. Corinthiorum 10: Wo aber jemand wurd zu euch sagen: Dies ist Gotzenopfer (wie dann auch unser Fleischmeiden Gotzenopfer ist, welchs wir aus Menschengebot und nicht aus Gottesgebot meiden), spricht Paulus, so esset nicht und verschonet der Gewissen des, der es anzeucht. Und Romanorum 14: So aber dein Bruder über deiner Speis betrübt wird, so wandelst du schon nit nach der Lieb. Lieber, verderb den nicht mit deiner Speis, umb welches willen Christus gestorben ist. Und 1. Corinthiorum 8: Und wird also ob deiner Erkenntnus der schwach Bruder umbkummen, umb welches willen Christus gestorben ist. Wann ihr aber also sundigt an den Brudern und schlacht ihr schwachs Gewissen, so sundigt ihr an Christo. Darumb wenn die Speis mein Bruder ärgert, wollt ich nit Fleisch essen ewiglich. Wie gefallen dir diese Spruch von Sant Paulus?
Peter: Was ist uns unser Freiheit nutz, wenn wir ihr nicht brauchen durfen?
Hans: Die ist uns so viel nutz, daß wir wissen, daß uns alle Speis unschädlich ist. Aber umb der Schwachen willen sollen wirs meiden, wie zun Romern am 15.: Wir aber, die wir stark sein, sollen tragen der Schwachen Gebrechlichkeit und nicht ein Gefallen an uns selber haben; wann es steht 1. Corinthiorum 10: Wer sich läßt bedunken, er steh, der schau, daß er nicht fall. Es seind euer (hab ich Sorg) viel, die Fleisch essen am Freitag aus Frevel, Furwitz oder Wollust, und seind doch ungegrundt im Glauben und werden auf die letzt wanken in ihrem Gewissen. Nun spricht Paulus zun Romern am 14.: Wer aber darüber wanken wird, so er gessen hat, der ist verdampt, dann es geht nicht aus dem Glauben. Was aber nicht aus dem Glauben geht, das ist Sund.
Peter: Ach, lieber Bruder Hans, wie lang sollen wir dannocht in der babylonischen Gefängnus liegen an der romischen Ketten und unser christlichen Freiheit mit dem Fleisch und allen Stucken nicht frei gebrauchen?

Hans: Lieber Bruder Peter, hab Geduld! Paulus 2. Tessalonicensium 2 spricht: Der Herr wird ihn erwurgen mit dem Geist seines Munds und wird sein ein End machen. Darumb, lieber Bruder, laß dir mitsampt mir und uns allen genugen, daß unser Gewissen frei und unverbunden ist zu sollichen menschlichen Aufsatzungen, der Seelen Heil betreffend, und laßt uns fort solliche und dergleichen Burd äußerlich mit unsern Mitbrudern williglich tragen wie andere Statut und burgerlich Sitten, wie Galatharum 5: Einer trag des andern Last, so werdt ihr das Gesetz Christi erfüllen.

Peter: Ich hör wohl, ich muß den alten Weibern und Männern zulieb wieder Unterscheid der Speis machen, die doch von Christo verworfen seind. Matthaei 15: Ein jegliche Pflanzung, die Gott, mein himmlischer Vater, nicht gepflanzt hat, wird ausgereut.

Hans: Hor Paulum zun Romern 14: Das Reich Gottes ist nit Essen noch Trinken, sunder Gerechtigkeit, Fried und Freud im Heiligen Geist, und 1. Corinthiorum 8: Essen wir, so werden wir nit besser; essen wir nit, so werden wir nit weniger! Nun so wir aber Fleisch meiden, zu verschonen unseres Nächsten, unwissende Bruders Gewissen, alsdann geht solliches Meiden aus Glauben und Liebe und ist Gott gefällig, welches Gott vor ein Greuel war.

Peter: So hor ich wohl, ich muß wieder ein gleisnerisch Romanist werden und alle Ordenung und Kramanz mit ihnen halten.

Hans: Also, was du ohn Ärgernus deines Nächsten kannst unterlassen, magst du wohl tun. Es ist allein ohn Ärgernus willen des Nächsten zu tun. Derhalb tu, wie Paulus 1. Corinthiorum 9: Wiewohl ich frei bin von jedermann, hab ich doch mich selbs zum Knecht gemacht, auf daß ich ihr viel gewinn; den Juden bin ich worden als ein Jud, den Heiden als ein Heid, den Schwachen als ein Schwacher und bin jedermann allerlei worden. Und 2. Corinthiorum 12: Wer ist schwach, und ich werd nicht schwach, und wer wird geärgert, und ich brenne nicht? Also laß uns auch tun nach dem Gebot Christi, Johannis 13: Ein neu Gebot gib ich euch, daß ihr euch untereinander liebet, wie ich euch geliebet hab. Darbei wird jedermann erkennen, daß ihr meine Junger seid. Horst du, die Lieb ist die recht Prob eines Christen und nicht das Fleischessen, wann das konnen Hund und Katzen auch wohl!

Peter: Lieber, es hilft nichts an ihnen; so wir ihr gleich lang verschonen, sie werden nur ärger und verstockter. Darumb gilt es gleich, man eß oder laß.

Hans: Lieber Bruder, willt du ihr nit verschonen, so schon doch des Evangeli und Wort Gottes, welches durch euer Fleischessen verlästert und Ketzerei gescholten wird; wann das Fleischessen ist dem gemeinen Mann schier der allergroßt Anstoß und Ärgernus an der evangelischen Lehr. Gott erleucht ihre Blindheit mit seinem gottlichen Wort! Es ist an ihnen erfüllt der Spruch Pauli 2. Thessalonicensium 2: Darumb do sie die Lieb der Wahrheit nicht haben aufgenummen, daß sie selig wurden, darumb wird ihnen Gott kräftig Irrtumb senden, daß sie glauben der Lugen, auf daß gericht werden alle, die der Wahrheit nicht glaubt haben.

Peter: Es ist leider wahr, ich hab wohl Nachbarn, so einer ein Bissen Fleisch an einem Freitag sollt essen, er nehm ihm großer Gewissen darumb, dann so er einen umb Ehr und Gut belug oder betrug.

Hans: Ach, lieber Bruder, so tu so wohl und meid Fleischessen, oder tu es je gar heimlich, daß niemand geärgert werd.

Peter: Wohlan, ich wills tun. Ich hab es so weit nit besunnen, daß in den Weg Schad daraus folgen sollt.

Hans: Wohlan, wohlauf! Ich mein, man läut das dritt an die Predig.

Peter: Es ist erst das ander. Lieber, mein Schwäher kumbt, red ihn an des Evangeli halben!

Meister Ulrich: Gott gruß euch, ihr lutherischen Leut!

Hans: Habt Dank! Ihr kumbt eben recht. Lieber Meister Ulrich, geht mit uns an unser Predig.

Meister Ulrich: Ich wollt eh, daß euer Prediger hing; er ist ein Ketzer!

Hans: Ei, lieber Meister Ulrich, wieso?

Meister Ulrich: Da sagt mein Eiden da, wenn er kumbt: Unser Prediger sagt, man bedurf nimmer Beten, den Heiligen dienen, Fasten, Beichten, Wallen, Meßhoren, Vigilg, Seelmessen, Jahrtag stiften, Ablaß losen, und sei kein gut Werk zur Seligkeit nutz und noch grober Possen. Darnach sich dann mein Eiden mit sein Gesellen hält. Er weiß wohl, was ich jetzund mein.

Hans: Ei Peter, Peter! Du tust auch unrecht daran, du und dein Gesellen fahrt mit solchen Stucken heraus, das und das sagt unser Prediger, und sagt doch nit Ursach dabei, wie es euch der Prediger hat gesagt, und sturzet die einfältigen Leut von der Lehr, die verfluchen darnach die christlichen Prediger und fliehen darnach sollich ihr Predig, daran sie den Grund mochten horen, und verlästern das heilig Wort Gottes unwissend und sprechend: Ist das die neue Lehr, so will ich in meinem alten Glauben bleiben. Wer ist schuldig daran? Allein ihr ungehofleten Knebel. Du aber und deinsgleichen werdt mir hold oder feind, gilt mir gleich. Es ist je not zu sagen. Wann ihr aber Christen wärt, so handlet ihr christlich und saget dem Unwissenden die trostlichen Wort von Christo, die ihr von dem Prediger gehort hätt, nämlich daß der Tod Christi sei das einige Werk unser Erlösung und wie der himmlisch Vater Christo allen Gewalt hab geben im Himmel und auf Erden. Den Christum allein sollen wir horen: was er heißt, sollen wir tun, was er verbeut, sollen wir lassen, was er frei läßt, hab niemand zu verbieten, weder im Himmel noch auf Erden, bei der Seelen Heil! Und wenn ihr solches den Leuten vorsagt, das mocht die Herzen der Unwissenden erweichen, daß sie darnach auch an solche Predig kommen zu wahrer Erkenntnus der Wahrheit Gottes. So fiel dann das ander Menschengesatz und Gaukelwerk selber zu Boden.

Meister Ulrich: Darvon hielt ich auch mehr, wenn man von guten Dingen sagt! Ich hör es aber von den Lutherischen nicht viel! Es kumbt je ein ganzer Tisch voll Lutherischer herein zu meinem Eiden, und hort doch wahrlich einer kein gut christlich Wort von ihnen. Da heben sie an, Munich und Pfaffen auszurichten, es nähme ein Hund nit ein Stuck Brot von ihn, und welcher baß mag, der ist Meister unter ihnen. Darumb lust mich ihr lutherische Weise gar nicht.

Hans: Peter, Peter, das ist wider die Lieb des Nächsten, Matthaei 7: Alles, das ihr wollt, daß euch die Leut tund, das tund auch ihn hinwiederumb! Nun wollst du je nicht, daß man dich also ausblesniert; wann sie seind so blind, armselig und verstockt, daß man billiger Mitleiden mit ihnen hätt und Gott für sie bät, dann daß man ihr Schand, Laster und Ungerechtigkeit also ausschreit und Tischmärlin darvon saget.

Peter: Ei, durfen sie's dann tun, so mussen sie's von ihnen sagen lassen; es ist je die Wahrheit.

Hans: Ob es recht sei, hör Paulum zun Romern am 2.: O Mensch, du kannst dich nit entschuldigen, wer du bist, der da richtest; dann warin du ein andern richtest, verdampst du dich selbst, seitemal du eben dasselb tust. Versteh mit dem Herzen, darin du ein ander richtest.

Peter: Lieber, sie haben uns lang am Narrenseil umbhergeführt, wir wollen sie wiederumb mit solcher Maß bezahlen, wie Apocalypsis 18: Bezahlt sie wieder, wie sie hat euch bezahlt, und machts ihr zwiefältig nach ihren Werken.

Hans: Es steht aber Matthaei 5: Liebet euer Feind, benedeiet, die euch maledeien, tund wohl den, die euch hassen, bittet fur die euch beleidigen und verfolgen. Und 1. Petri 2: Endlich aber seid besinnet, mitleidig, bruderlich, herzlich, freundlich. Vergeltet nit Boses mit Bosem, nit Scheltwort mit Scheltwort, dargegen benedeiet etc.

Peter: Sollen wir dann lachen darzu, so meinten sie, uns wäre wohl darmit. Ich sich wohl, es kumpt ein neues Geschrei uber das ander, wie man die Christen von des Evangeli wegen sturmet, fecht, verbrennt, vertreibt, die Land verbeut in dem Babylonischen Reich.

Hans: Lieber Bruder, das ist uns alles vor verkundet durch Christum, wie es gehn wird. Liese Matthaci am 10., Marci am 12., Lucae am 21. und Johannis am 15.: Da findst du alle die Verfolgung, so dann jetzund anfecht uber die Christen zu gehn.

Peter: Es wäre aber schier besser, wir schlugen mit Fäusten darein, nach Laut des Spruchs Apocalypsis am 18.: Mit welchem Kelch sie euch eingeschenkt hat (versteh die Babylonisch Hur), schenkt ihr zwiefältig ein, und wieviel sie sich herrlich gemacht und geil gewesen ist, soviel schenkt ihr Qual und Leiden ein.
Hans: O nein, es steht Deuteronomii am 32.: Die Rach ist mein, spricht der Herr, und Apocalypsis 13: Wer ins Gefängnus fuhrt, der wird ins Gefängnus gehn; und wer mit dem Schwert totet, der muß mit dem Schwert tot werden. Und Matthaei am 26.: Wer mit dem Schwert ficht, der wird am Schwert verderben. Also wird sie der Herr wohl finden, wie 2. Petri 2: In ihrem Wurgen werden sie erwurget werden! Darumb sei du zufried und bleib in deiner christlichen Geduld, Lucae am 6.: Wer dich auf ein Backen schlägt, dem beut den andern auch dar; und wer dir den Mantel nimmt, dem wehr auch nit, daß er dir den Rock nehme.
Peter: Wie? Sollen wir dann ihrer verfuhrischen Triegerei recht geben?
Hans: Nein, wo ihr ihnen unter Augen seid und sie die evangelische Wahrheit verlästern, da schweigt nit, sunder widerlegt ihn ihre Menschengeschwätz mit dem Wort Gottes, und handlet nichts wider sie mit Rumor oder Geschrei; wann das ist unrecht und dem gemeinen Mann ganz ärgerlich.
Peter: Ei, hat doch Christus auch selbs von diesen verfuhrischen Wolfen verkundigt, und auch in ihrem Abwesen, nämlich Matthaei 7 und 24 und Marci am 13., Lucae am 21. Da hat Sant Paulus von ihnen geschrieben 1. Corinthiorum 15 und 2. Corinthiorum 11, Galatarum 5, Ephesiorum 4, Philippensium 3, Colossensium 2 und 2. Thessalonicensium 2 und 1. Timothei 4 und 2. Timothei 2 und dergleich 1. Petri 5 und 2. Petri 2 und auch 1. Johannis 4 und 2. Johannis 1.
Hans: Merk, das ist darumb, wie steht Romanorum 15: Was uns furgeschrieben ist, das ist uns zur Lehr geschrieben, auf daß wir durch Geduld und Trost der Geschrift Hoffnung haben. Also seind wir durch die Heilig Geschrift gewarnet vor ihn und ihrer Verfuhrung, auf daß wir unser Gewissen ihnen nicht unterwerfen sollen, sunder einig und allein dem unwandelbaren Wort Gottes.
Peter: Warumb schreien dann unser Prediger der Geistlichen falsche, verfuhrische Lehr, Gottsdienst, Gebot und Leben also auf der Kanzel aus? Desgleichen Doktor Martinus mit viel sein Nachfolgern schreiben vorgemeldte Stuck so uberflussig unter die christliche Gemein? Ist ihnen recht, so ist es uns auch recht!
Hans: Ja, solches Predigen und Schreiben geschicht aus verpflichter christlicher Lieb dem gemeinen, unwissenden, verfuhrten Volk zugut, auf daß sie ihre Gewissen losmachten von den gemeldten Verfuhrern. Zum andern den Verfuhrern zugut, ob Gott durch sein kräftig Wort ein Teil niederschlug wie Paulum vor Damasco, Actuum 9, und aus Wolfen des Teufels Schäflein Christi machet. Wo aber sollich Predigen oder Schreiben aus bosem Gemut und nicht aus christlicher Liebe geht,

so ist es Unrecht und Sund, wie nutz und not das Werk an ihm selber ist, nach Laut des Spruchs 1. Corinthiorum 13: Wenn ich all mein Hab den Armen gebe und ließ mein Leib brennen und hätt der Lieb nicht, so wäre es mir nichts nutz. Hiebei ist wohl zu besorgen, wo ihr hinter dem Wein sitzt und schändet Munich und Pfaffen, daß es nit aus christlicher Liebe, sunder aus Ubermut, Neid, Haß oder aus boser Gewohnheit kumm, welches Nachreden in der Schrift verboten ist, nämlich Ephesiorum 4: Laßt kein faul Geschwätz aus euerm Mund gehn, sunder was nutz ist zur Besserung, daß es not tut. Und weiter: Alle Bitterkeit, Grimm, Zorn, Geschrei und Lästerung sei ferr von euch. Und zu Tito 3: Erinnert sie, daß sie niemand lästern, nicht hadern, glind sein, alle Sänftmutigkeit beweisen gegen allen Menschen. Und Petri 2: So legt nun ab alle Bosheit, alle List, Heuchlerei, Haß und alles Afterreden.

Peter: Die kehren sich dannocht nicht daran, man sing ihnen suß oder bitter; die seind verstockt wie die Pharisäer.

Hans: Ei, so laß sie gehn wie die Heiden, Matthaei 18. Wann ihr sie lang schändet, ihnen fluchet, ist es niemand nutz, und ander Leut, die bei euch sitzen und horen, die ärgern sich daran, sprechen: Die Lutherischen konnen nichts dann die Geistlichen schmähen und wollen sie hauen und stechen, wie kann dann etwas Guts hinter ihn und ihrer Lehr stecken? Es ist Teufels Lehr mit ihn! Und fliehen auch furbaß die evangelisch Lehr und bleiben in ihrem alten Irrtumb. Das ist die Frucht euers Nachredens. Darumb willt du ein wahrhafter Christen sein, so vermeid es und verschon ander Leut daran. Zudem so wollt ihr all, die ihr euch lutherisch nennet, an dem frummen Mann, dem Luther, einen Deckmantel euer Unschicklichkeit suchen und euch doch seiner Lehr nicht gemäß halten. Dann obwohl Luther die christlichen Freiheit zu Erledigung der armen, gefangen Gewissen angezeigt, hat er doch darneben durch seine Schriften und Predig männiglich gewarnet, wie er dann noch fur und fur tut, sich vor trieglichen, ärgerlichen, unchristlichen Handlungen zu huten und nit also dem Evangelio und Wort Gottes zum Nachteil mit der Tat zu schwirmen und gleich den Unbesinnten zu rasen. Darumb ihr euch in diesen euern ungeschickten Handlungen des christlichen Manns, Doktor Luthers, der es so gut christlich und getreulich meint, zu einem Schandfleck nit billig gebraucht. Dann was christlichen ehrbarn Gemuts, was gegrundten Glaubens und Vertrauens mogen sich doch die behelfen, die mit auswendigen Gebärden, als die Geistlichen an ihrem Leib, Ehr und Gut zu verfolgen, dem Nächsten mit Fleischessen und andern ärgerlich zu sein, anfahen Christen zu sein! Und da zeigen diese Frucht an, daß der Baum gewißlich bos und faul ist, Matthaei 7.

Meister Ulrich: Ja, Meister Hans, wenn ihr etwenn da wärent, wenn die Lutherischen beieinander seind und bringen einen unter sich, der nicht lutherisch ist, da hortent ihr, wie sie der Leut verschonen, ja hinter sich! Da halten sie Fasnacht mit ihm und legen sich alle über ihn, der muß ihr Romanist, Papist, Gleisner und Werkheilig sein, und reden ihm so spottlich und hohnisch zu, daß er unter ihnen sitzt wie ein Pfeifer, der den Tanz verderbt hat, und weiß nicht, in welche Ecken er sehen soll.

Hans: Oh, ihr groben Rultzen, euer Herz sollt sich freuen (wo ihr anders rechte Christen wärt), wo ihr unwissende Leut uberkämbt, daß ihr ihnen das Wort Gottes (das Pfund, das euch geben ist, Matthaei 25) bruderlich mitteilet: so fahrt ihr zu und verspott sie.

Peter: Lieber, sie verstehen so gar nichts in der Geschrift und stellen sich so ungeschickt darzu wie ein Hund in ein Karren: so muß man ihnen dann darzu helfen.

Hans: Ach nein, umb Christus willen! Verschonet der Unwissenden und Schwachen Gewissen, wann sie haben des Worts Gottes nicht gewohnt, ihr Ruchenprediger haben sie nicht darauf gewiesen, sunder darvon auf ihre erdichte Menschenwerk. Auch seind unnutz und Spottwort in der Schrift verboten. Ephesiorum 5: Schampere Wort und Narrenteding und Scherz und was sich nit zur Sach reimet, entschlah dich, und 2. Timothei 2: Das ungeistlose Geschwätz entschlahe dich, dann es fördert viel zu einem gottlosen Wesen, sunder, wie Paulus zun Colossensibus an 3.: Laßt das Wort Gottes reichlich in euch wohnen in aller Weisheit und lehret untereinander selbs!

Peter: Lieber, es sein viel alter grauer Männer, die ruhmen sich auch, sie wissen das Evangeli, aber sie legens nach ihrem Kopf aus, und wann man im Grund fragt, so verstehen sie eben als viel im Evangeli als ein Kuh im Brettspiel. Soll man ihr nit spotten darzu und sie strafen?

Hans: Hor Paulum 1. Timothei 5: Den Ältesten schelt nicht, sunder ermahn ihn als ein Vater, die Jungen als die Bruder, die alten Weiber als die Mutter, die jungen als die Schwester. Merk, hie hast du die Weise, wie es alles lieblich und holdselig muß unterwiesen sein.

Peter: Es seind aber etlich Geistpolster darunter, die laufen alle Kirchen aus und wollen Gott den Himmel mit ihren Werken abkaufen, und wann man ihnen von dem rechten Gottsdienst sagt, so lecken sie hinten und vorn auf, und kann niemand mit ihnen naher kummen.

Hans: Ei, du mußt ihnen ihren Irrtumb freundlich anzeigen, wie Galatarum 6: Lieben Bruder, so ein Mensch in einem Laster begriffen wird, so straft ihn mit sänftmutigem Geist, ihr, die ihr geistlich seid.

Peter: Ja, sie nehmens nit an und sprechen, wir söllen uns selber bei der Nasen nehmen.

Hans: Da kumbt heraus, von dem ich stets sage! Sie ärgern sich an euerm rohen Leben.

Peter: Sollen wir dann ein gleisnerisch Leben führen wie die Munich?

Hans: Nein, sunder ein Leben wie die Christen, wie Paulus Romanorum 13.: Laßt uns ehrbarlich wandeln als am Licht; nit in Fressen und Saufen, nit in Kammern und Geilheit, nit an Hadern und Eifern. Und Ephesiorum 4: Ich ermahn euch, lieben Bruder, daß ihr wandelt, wie sichs gebuhrt euerm Beruf, darin ihr berufen seid, mit aller Demut, Sänftmut und Langmut, und vertrag einer dem andern in der Lieb. Und Paulus beschreibt die Ursach zun Philippern 2: Tut alles ohn Murmulung und ohn Verwirrung, auf daß ihr seid ohn Tadel und lauter und Kinder Gottes, unsträflich mitten unter dem unschlachtigen und verkehrten Volk.

Peter: Sie verachten aber die Geschrift und wollen ihr alte Gewohnheit halten. Sagt man ihn schwarz, so sagen sie weiß, sprechen, ob die Geschrift in der Bibel alle wahr sei, und wann man ihnen mit hochstem Fleiß christliche Lehr vorsagt, sprechen sie alsbald: Hast du mein Gäns nit gesehen? Wer kann ihn dann schweigen darzu?

Hans: Paulus schreibt 2. Timothei 2: Ein Knecht des Herrn soll nit zänkisch sein, sunder väterlich gen jedermann, lernhaftig, der die Bosen tragen kann, der mit Sänftmut straft die Widerspenstigen, ob ihnen Gott dermaleins Buß gebe, die Wahrheit zu erkennen. Und 1. Petri 2: Das ist der Will Gottes, daß ihr mit Wohltun verstopft die Unwissenheit der Menschen als die Freien und nicht, als hätt ihr die Freiheit zu einem Deckel der Sunden.

Peter: Lieber, sie machens zu grob, sie geben bose Wort aus und werfen mit Ketzerkopfen unter uns, und so wir nit hinwieder bissen, so schreien sie froh: Hie gewunnen, hie gewunnen! Darumb ist not, daß man ihnen den Kolben auf den Schild leg.

Hans: Oho, willt du Christum bekennen und lehren und magst nit bose Wort leiden, wie wollst du dann Streich oder den Tod leiden? Merk Paulum Romanorum 12: Benedeiet, die euch verfolgen; benedeiet, und maledeiet nit! Vergeltet nit Boses mit Bosem, rächet euch selber nit! Hie horst du, daß man aus christlicher Lieb in aller Sänftmut ohn alle Gallen handeln muß, soll es Frucht bringen, und nit also grob mit den Leuten fahren. Es ist auch ein merklich Stuck, damit man die Leut abwendet von der evangelischen Lehr, der etwan sunst viel herzukämen und die Lehr annähmen, aber den Weg gebiert es nur Feindschaft zu dem Wort Gottes, dergleichen zu den, die ihm anhangen, heißen sie Ketzer und das Wort Gottes Ketzerei. Da seid ihr allein schuldig an mit euerm Fleischessen, Rumorn, Drohen,

Schänden und Lästern der Geistlichen und dem Pochen und Hadern und Verachten der Einfältigen, daß ihr viel über euch ausspeien, wo sie euch sehen, dergleichen über ander fromme Christen, die nicht wie ihr, sunder dem Evangeli Christi nachfolgen und einen christlichen Wandel fuhren, wie sichs gebuhrt.
Peter: Lieber, ist man uns feind, das wissen wir vorhin wohl, und kennen sie auch wohl; wir sein ihnen auch nit gar hold, und wenn sichs begäb in einem Abreiten, wir wollten gar schon reißen aneinander.
Hans: O weh, ist es umb die Zeit, so merk ich wohl, es ist nur viel Geschreis und wenig Wollen umb euch: hat ihr die Lieb des Nächsten nit, vonnoten kennt man euch nit fur Junger Christi.
Peter: Wieso?
Hans: Es steht 1. Johannis 3: Wer nit liebhat seinen Bruder, der bleibt im Tod, und wer seinen Bruder hasset, der ist ein Totschläger. Und 1. Johannis 4: So jemand spricht, er lieb Gott und hasset seinen Bruder, der ist ein Lugner; denn wer seinen Bruder nit liebet, den er sicht, wie kann er Gott lieben, den er nit sicht? Darumb furcht ich, lieber Bruder Peter, so du mit deiner Rott Feindschaft trägst, ihr habt den wahrhaftigen Christenglauben nit, den Gott wurkt, Colossensium 2, sunder ihr habt nur ein menschengedichten Glauben aus Fleisch und Blut und seind euch selber schädlich und unnutz und ander Leuten ärgerlich; wann fleischlich gesinnet sein ist ein Feindschaft wider Gott, spricht Paulus, Romanorum 8: Die aber der Geist Gottes treibet, das seind die rechten Kinder Gottes.
Peter: Wie erkennt man sie aber?
Hans: Allein an der Lieb, wie Christus sagt Johannis am 13.: In dem wird man erkennen, daß ihr meine Junger seid, so ihr einander liebhabt. Und 1. Johannis 4: Ihr Lieben, laßt uns untereinander liebhaben, dann die Lieb ist von Gott, und wer liebhat, der ist von Gott geborn und kennet Gott. Wer nit liebhat, kennet Gott nit, wann Gott ist die Lieb, und wer in der Lieb bleibt, der bleibt in Gott und Gott in ihm. Derhalben mag ich wohl zu euch sagen wie Christus zun Juden, Johannis 8: Wenn ihr Abrahams Kinder wäret, so täten ihr die Werk Abrahae. Also auch ihr: Wenn ihr evangelisch wärent (wie ihr ruhmet), so täten ihr die Werk des Evangeli; wann das Evangelion ist ein wunnsam frohlich und lieblich Botschaft von Christo. Darumb, wann ihr aus dem Evangeli geborn wärt, so verkundet ihr das Evangeli euern Mitbrudern in Christo holdselig und mit aller Ehrsamkeit und fuhret ein gottseligen Wandel wie die Aposteln, die so freundlich gegen den Leuten handleten, wie man in ihren Geschichten durch alle Kapitel lieset. Darumb, lieber Bruder Peter, merk nur eben mein Red umb Gottes willen und sag es deinen Mitbrudern von mir, wiewohl sie mich ein Heuchler und Abtrünnigen heißen und halten werden; da liegt mir nit ein Haarbreit an! Ich hab je die Wahrheit gesagt, welche dann allmal

verfolgt muß werden von den Gottlosen. Und wollt Gott, daß es alle die gehort hätten, die sich gut lutherisch nennen, vielleicht mocht ihn Irrtum geliegen und erst ein Teil lernen, recht evangelisch Christen zu werden.
Meister Ulrich: Peter, wie gedunkt dich? Wenn Meister Hans über dich käme, der konnt dich recht aufnesteln! Es ist je einmal wahr: Wenn ihr Lutherischen solchen zuchtigen und unärgerlichen Wandel fuhret, so hätt euer Lehr ein bessers Ansehen vor allen Menschen; die euch jetzund Ketzer nennen, wurden euch Christen heißen; die euch jetzt fluchen, wurden euch heimsuchen, und die euch jetzund verachten, wurden von euch lernen. Aber mit dem Fleischessen, Rumoren, Pfaffenschänden, Hadern, Verspotten, Verachten und allem unzuchtigen Wandel habt ihr Lutherischen der evangelischen Lehr selber eine große Verachtung gemacht.
Hans: Es liegt leider am Tag. Gott verleich uns allen seinen Geist, zu leben nach seinem gottlichen Willen! Man läut das dritt, wohlauf gen Predig!
Meister Ulrich: Wohlan, ihr habt mich gleich lustig gemacht, ich will auch mit euch an euer Predig, ob ich ein guter Christ mocht werden.
Hans: Das geb Gott!
Meister Ulrich: Amen.

Philippensium 2

Lieben Bruder, ist nun unter euch irgend ein Ermahnung in Christo, ist irgend ein Trost der Lieb, ist irgend ein Gemeinschaft des Geists, ist irgend ein herzlich Lieb und Barmherzigkeit, so erfullet mein Freud, daß ihr eines Muts und Sinns seid, gottliche Liebe habt. Nichts tut durch Zank oder eitel Ehr, sunder durch Demut. Achtet euch untereinander selbs, einer des andern Obrister, und ein jeglicher sehe nit auf das
Sein, sunder auf das des andern ist.

Der fünfte Dialog

Ein wünderlicher Dialogus
und neue Zeitung

Als mir ehgestern ein Brief meiner Geschäft halben von Nörling kam, fragt ich den Boten neben andern umb neue Zeitung. Wie ich aber anhielt mit Fragen, zeigt er mir ein wünderlich, vor ungehörte Geschicht an und sprach: Als ich den Novembris auf Nörling des Morgens zugangen, ist mir begegent ein lang, gerade Person mit langem braunen Haar, einer nazarenischen Scheitel, mit zwisletem Bart und schönen Augen, der was herrlicher Gestalt, doch aufgeschürzt als ein Wandrer. Der ging eilend als ein Flüchtiger, oft hinter sich schauend. Als aber ich näher zu ihm kam und ihn recht besach, da war es unser Herrgott, den ich alsbald an seinem Barfüßgehn und braunem, gestrickten Rock erkennet. Da fasset ich ein Herz, neigt mich und grüßet ihn, nennt ihn auch mit Namen. Er aber winket mir zu schweigen und eilet nur fort. Da sprach ich zu ihm:

Bot: Herr, wo willt du so eilend allein hingehn?
Herrgott: In Ägypten.
Bot: Herr, was willt du in Ägypten? Es regieret itz der Soldan darin.
Herrgott: Bei dem bin ich sichrer denn mitten im Deutschland.
Bot: Wie käm das? Du bist nit allein sicher, sunder am allersichersten im Deutschland, da man itz dein heilig Evangeli öffenlich predigt.
Herrgott: Ja, eben das ist die Ursach meiner Verfolgung.
Bot: Ach, mein Herr, wer verfolgt dich? Ist doch der Türk itz ein Zeitlang still gewest, wer wollt dich denn verfolgen?
Herrgott: Die Hohenpriester und Fürsten der Juden, hohen Schriftgelehrten und Pharisäer, so mich allmal verfolget haben.
Bot: Ach, mein Herr, welcher Gestalt, wie oder wen? Solchs alls ist mir armen Boten verborgen.
Herrgott: Bist du denn der Frembling allein in Deutschland, der diese Ding nit weiß, wie oft die Hohenpriester und Schriftgelehrten mit ein geratschlagt haben über mich, doch allmal einer Aufrühr im gemeinen Volk besorget, wie ihn denn viel heimlicher Praktik über mich offen war, auch zum Teil sind brochen worden? Aber itz sind die Hohenpriester und Schriftgelehrten in der Synagog zu Trient gar einig worden und haben mich zumb Tod verurteilt: Besser sei, Deutschland verderb, denn daß ihr Gwalt, Macht und Simonei gar sterb. Derhalb hat der Hochpriester

zu Rom, der mein Statthalter und Apostel sich nennt und den Beutel als mein Schaffner trägt, darin er versammelt hat (sam mir und meinen armen Jüngern zu gut) das Ablaßgeld, Annaten, Pallium und Sant Peters Patrimonium. In solchem ist der Teufel in ihn gefahren und ist mir zum Judas worden, hat mich verraten und nit Geld genummen wie der erst Judas, sunder sein Beutel aufgeton und dem römischen Richter Pilato etliche hunderttausend Silberling zugeschickt und mich darmit zu kreuzigen übergeben. Er aber, Pilatus, wollt lang nit Urteil über mich fällen; wann sein Frau (versteh, sein Gewissen) und etlich heimlich Jünger haben viel Unruhe im Schlaf von meinethalben gehabt, ihm anzeigt, mit dem unschuldigen Blut nichts zu tun haben. Aber das Anhalten der Hohenpriester und Fürsten der Juden bewegten ihn, wo er diesen ledig ließ, wär er nicht ein Freund des römischen Bischof. Auch schrie das gemein, unwissend bayrisch Volk: Sein Blut geh über uns und unsre Kinder! Welchs auch zum Teil an ganzn mit der Zeit vollendet wird. Mit dergleich Anhalten, Drohen und Reizen hat Pilatus verwilligt, mich zu kreuzigen, auf daß ihm mein gestrickter Rock (versteh, das Deutschland) erblich bleib. Der zog darauf aus dem regensburgerischen Jerusalem gerüst mit den Fürsten der Hohenpriester über den Bach, die Donau, mit viel Spaniern, Niederländern und Deutschen, welche doch billiger über ihr Vaterland sollten geweinet haben. Und Judas Ischariot ging voran mit den Dienern der Hohenpriester, die Italiener zu Roß und Fuß. Und solchs geschach doch alls im Schein, sam wollt der Richter Pilatus etlich Gallier strafen und das Opfer mit ihrem Blut vermischn. Mit solchem Schein hat er viel Leut irrgemacht. Als ich aber west, was mir zukünftig was, stund ich auf und ging ihn entgegen und sprach: Wen suchet ihr? Sie sagten: Jesum von Nazareth. Da sprach ich: Ich bins. Da wichen sie zurück und fielen ihr viel Tausend unter die Erden. Nachdem legten sie Hand an, mich zu fangen

Bot: Ach, mein Herr, was täten deine Jünger darzu?

Herrgott: Es blieben ihr nur drei bei mir, die andern aber waren bei der Nacht (wie Nicodemus) vor Forcht der Juden bei mir gewest und mich getröst.

Bot: Was täten aber die drei darzu in deiner Gefängnus?

Herrgott: Petrus hieb dem Malchus das Ohrläpplein ab. Aber ich wollt nit länger gestatten zu fechten und hieß ihn einstecken; wann in solcher meiner großen Not fährt mein Freund zu, der mein Brot gegessen, dem ich alles Guts vertrauet, und verrät mich dem blutgierigen Künig Herodis umb 30 sächsisch Silberling.

Bot: Herr, hast du mehr denn einen Judas?

Herrgott: Vor hätt ich unter 12 Jüngern einen Judas, itzund hab ich 12 Judas für einen, die sich doch alle meine Jünger rühmen.

Bot: Was tät dir Künig Herodes?

Herrgott: Er sendet seine Diener, die Husaren, und ließ erwürgen die unschuldigen Kinder bei Plauen und streifet umb die Grenz des wittenbergischen Bethlehem, meiner Gebürtstadt, mit großer Verwüstung und Schaden der Armen. Da macht er viel betrübter Mütterherzen. Als ich das vernummen, bin ich den Juden frei mitten am Ölberg aus den Händen entgangen, ganz forchtsam und erschluchzet, wie du mich sichst. Derhalb bitt ich dich als ein Landerfahrnen, zeig mir den nächsten Weg auf Ägypten zu; wann Pilatus und Herodes sampt die Hohenpriester werden nicht nachlassen, mich zu suchen und wieder zu kreuzigen.

Bot: Weil dein Flucht, mein Herr, so eilend ist, wollt ich mich etwan in der Näch verbergen.

Herrgott: Ja wohin? Es sind bereit so erschröckliche Edikt und Mandat ausgangen, im Niederland und anderswo, bei Acht und Bann, bei Brand und Mord mich niemand zu hausen, hofen, ätzen, tränken, nennen noch bekennen, darob das Volk erschluchzet, mich jedermann weiterweiset; wann auch Petrus mein zum oftern Mal verlaugnen mocht, daß er nicht sambt mit mir umb Leib und Güt käm.

Bot: Herr, ich wollt mich zu den Geistlichen ton.

Herrgott: Zu welchen Geistlichen?

Bot: In den Stift zu Mainz oder Wurzburg oder einem dergeleich.

Herrgott: Bei den wär ich als sicher als in dem Hof Annae oder Caiphae, wann die Bischof sind meine ärgste Feind von wegen des Evangeli.

Bot: So wollt ich mich aber in die Fürstenkloster oder Bettelorden tun, mich bei ihn erhalten, sam in einer Spelunken verborgen liegen.

Herrgott: Ja, freilich Spelunken und Mördersgruben haben die Sadduzäer und Essäer aus meiner Kirchen gemacht von wegen ihrs Bauchs, ein Kaufhaus, darin sie ihre güte vermeinte Werk verkaufen, darmit mein bitter Leiden verleugnen. Wie künnt ich bei den lebendig bleiben, so mich vorhin täglich kreuzigen?

Bot: Wie dunkt dich, mein Herr, aber umb etlich groß Reichsstädt, die deinem Wort anhangen und dich lieb, wert und wohl zu beschützen haben ein lange Zeit vor den Juden?

Herrgott: Oh, ich vertrau mich ihnen nit, wann ich weiß, was in ihnen stecket. Wie hoch sie sich meines Worts rühmen mit dem Münd, so ist doch ihr Herz und Leben weit von mir, wann sie in Wollust und eignem Nutz zu tief versunken sind. Der halb, wo ich mit ernstlichem Gewalt bei ihn gesüchet und verfolget würd, ich in die Hand Pilati übergeben werden, weil auch in viel Städten die Ältesten im Volk nit gar meines Teils sind, derhalb ihre Reichtum meinenthalb nit gern in Gefahr setzten. Dergleich der gemein Hauf ist mir wohl hitzig angehangen, weil ich sie mit Freiheit speise. Nun aber die Verfolgung angeht umb meinenwillen, fahen sie an, lau und kalt zu werden. Derhalb ich ganz unsicher bei ihnen wär. Derohalb will

ich mich wiederumb in Ägypten (versteh, in der Rechtglaubigen Herzen) verbergen, da ich am sichersten bin, weil sie Güt und Blüt ob mir wagen.
Bot: Ach Herr, wo sind deine Jünger, daß sie dich also allein lassen im Elend irrgehn?
Herrgott: Sie sind zerstreuet, ein jeder in das Seinig. Aber bald nach dem Tod Pilati und Herodis wird ich wieder auferstehn nach dreien Tagen und meine Jünger wieder versammeln und ihn vorgehn in dem deutschen Galiläa. Da werden denn die Hohenpriester und Fürsten der Juden sehen, in wen sie gestochen haben. Der Fried sei mit dir!

Mit dem Wort, sprach der Bot, ging der Herr eilends für mich hin sein Straß. Als ich mich aber im Augenblick wieder nach ihm umbsach, da war der Herr verschwunden und nicht mehr da. Solchs erzählt mir der Bot von Wort zu Wort mit sollichen ernstlichen Gebärden, daß ich das gänzlich bezwungen war, des zu glauben. Solche wunderbarliche neue Zeitung hab ich euch im Besten nit verhalten wollen. Darmit Gott befohlen!

Datum Nürenberg, den 31. Tag Decembris anno 1546

Der sechste Dialog

Ein Pasquillus von dem Schloß
zu Plassenburg

Nachdem sich das Schloß Plassenburg Markgraf Albrecht des Jüngern nach langer Belägerung ergeben hat und das Gerücht seiner Befestigung und Stärk im ganzen Land ruchtbar ward, trieb mich der Fürwitz, wie ander Leut mehr, gemeldtes Schloß zu schauen, kam also auf den 14. Tag Julii anno 1554 gar spat, wie der Mon mit vollem Schein aufgangen war, dahin und ging den nächsten [Weg] begierlich hinauf bis zu dem Graben und beschauet die stark, wehrhaft Befestigung der Gebäu mit Verwunderung. Und wie ich also stund, sach ich einen langen Mann den Berg aufgehn, gleich gekleidet einem romischen Cortisan, der ging den nächsten [Weg] auch bis an den äußersten Graben; er aber sach mich nit, ich entsetzet mich aber gleichwohl ob ihm. Als ich ihn aber recht besach, da war es der römisch Pasquillus. Der räuspert sich und fing mit starker Stimm also an zu schreien.

Pasquillus: Plassenburg, Plassenburg, stehst du denn noch?

Nach dem hort ich aus den Kellern und Gewölben des Schloß ein tiefen Seufzen ausgehn, doch an alle andre Stimm und Antwort. Pasquillus aber rüft zumb andren Mal.

Pasquillus: Plassenburg, Plassenburg, stehst du noch?

Nach dem hört ich ein klägliche Stimm aus dem Schloß also sagen.

Plassenburg: O Pasquille, kumbst du auch mit deinen Hohnworten, mich zu quälen in meinem großen Unfall? Ich bin von meinem gnädigen Herrn verlassen, der mich doch für und für mit großem verheißnen Trost (zu retten) aufgehalten hat; doch alles fehl. Bin nun hart gedränget in fremde Hand des neuen Bundes kummen, weiß nun nit, wie der mit mir handlen wird.
Pasquillus: Was sollt man billiger mit dir handlen, denn dich mit Feuer gen Himmel aufschicken?
Plassenburg: Aus was Ursachen? Was Übels hab ich geton, daß ich, wie du sagest, mit Feuer gen Himmel ausgeschicket werden sollt?
Pasquillus: Was fragst du doch? Was bist du dein Leben lang nütz gewest?

Plassenburg: Ich bin meins gnädigen Herrn und all der Seinigen ein weit berühmt, wohlerbaut furstlich Haus gewest, vor all seinen Feinden Begwaltgung ein sichrer Schutz.

Pasquillus: Ja, ein Nest der Rauber, Mörder und aller feindseligen Vogel einige Fest und Zuversicht, vor allen Redlichen und Aufrichtigen ein Schlupfwinkel.

Plassenburg: Auch bin ich gewest die brandenburgisch reiche Fündgrub aller Notdurft.

Pasquillus: Du sagst recht ein Fündgrub; wann in dir hat man gefunden allerlei Kaufmannswar und Güter, so lange Zeit hin und wider im Land verloren seind worden.

Plassenburg: Du verstehst alle Ding hinter sich. Ich vermein also mit den Worten, ich sei die brandenburgisch Speiskammer mit uberflüssigem Aufheben, die einem Fürsten wohl ansteht.

Pasquillus: Du redst recht, ein Speiskammer; wann du gar uberflüssig aufgehoben hast auf allen Straßen Kupfer, Zinn, Blei, Tuch, Sammut und Seiden in und außerhalb dem Geleit, mit Rauberei und Plackerei, das einem Fürsten übel ansteht. Derhalb bist nie gut, sunder nur schädlich gewest und des Feuers wohl wert, auf daß forthin die Straß deinthalben sicherer werd.

Plassenburg: O Pasquille, ich mein, der Teufel redt aus dir. Wie bitter und weh tut die Wahrheit! Ich kann je nit laugen, bin mit wahrer Tat uberzeuget. Ich aber will mich bessern und nun forthin dem Bund unterton sein, mich ehrlich und wohl halten, auf daß ich länger bei Leben bleiben müg; wann nimmer tun ist die beste Buß.

Pasquillus: O Plas, du läßt deiner Bocksprung nit, deiner Natur und lang hergebrachten Gwohnheit nach. Du nöhmst deinem Besitzer den Zaumb und gingest wieder deinen grasigen Weg, wie dein Art ist. Und ich setz im Fall, ob gleich dein Besitzer redlich, frumb und aufrichtig blieb, so hätt doch dein Herr Markgraf Albrecht sambt den Seinen kein Ruhe, sunder würd durch soviel List, Pratik und Meutrei (ob er gleich mit Gwalt nit kunnt) anrichten, bis er dich wiederumb beim Zaum ergriff. Alsdenn würden die letzten Tag ärger wann die ersten und reichet zu merklicher Verderbnus deiner Nachtbarn und zu großem Spott dem Bünd und Verkleinerung bei jedermann. Derhalben nur hinunter mit dir!

Plassenburg: Ach nein, ich verhoff, der Bund werd nur mein Befestigung eines Teils brechen und mich als ein fürstlich Haus aufricht bleiben lassen als gar unschädlich, dem ganzen Land zu einer Zier und dem loblichen Bund zu sunderm Nutz und Ehren.

Pasquillus: Das wär meins Bedunkens von den Bundesherren unvursichtig gehandelt. Wenn man allein dein Befestigung bräch und dich stehn ließ, wie bald würd mit der Zeit (die alle Ding verändert) dein Befestigung wiederumb erbaut? Denn wurst du noch ärger dann vor. Derhalb nur hinweg mit Haut und Haar mit dir (wie man spricht, ein toter Mann beißt niemand), so darf man sich nit mehr vor dir besorgen.

Plassenburg: Ich hoff je noch, man werd mein verschonen als eines wohlerbauten fürstlichen Haus und mich nit so jämmerlich brechen, sunder barmherzig sein und gefaßten Zoren gütlich ersitzen lassen.

Pasquillus: Schweig und gedenk dir sollichs nicht! Ursach, ließ dich der Bünd stehn, so würden noch alle Markgrafen auf dich pochen und trützen und würst mit der Zeit ein Ursach sein zu einem neun Krieg wie Karthago der Stadt Rom. Derhalb nur mit dir hin, weil auch dein Herr uverschonet so viel ehrlicher, wohlerbauter Häuser ohn alle redliche Ursach brochen und ausgebrennt hat! Und dein, du Raubschloß, sollt verschonet werden? Das wär je ein kindische Barmherzigkeit von den Bundsherren!

Plassenburg: Ich hoff aber, der neu Bund werd so vieler Markgrafen Ungunst von meinentwegen nit gern auf sich laden, sunder die Sach in bessern Bedacht nehmen.

Pasquillus: O mein Plassenburg, der Markgräfischen Gunst zu erlangen hat man sich längest verwegen, der man bisher wenig empfunden hat, weil dein Herre sambt seinen Helfershelfern nichts unterlassen hat zu Verderbung ihrer Land und Leut. Und man sollt dein gunstiglich verschonen? Das wurd dem ehrlichen Bund zu ein Zagheit, Forcht und Verkleinerung zugemessen werden, nicht allein Fürsten und Städt, sunder auch bei dem gemeinen Mann, der hitzig über dich das Urteil fällt. Wie du gemessen hast, soll dir wieder gemessen werden.

Plassenburg: Meinst du aber nit, ander Fürsten und Herren werden ein klein Gefallen daran haben, ein Fürsten also gar zu vertreiben von Land und Leuten, auch seine Städt und Schlösser einzunehmen und mich als sein Hauptschloß auch nit zu verschonen? Ich sag dir, es wird dem loblichen Bund viel Neid und Haß einstreichen. Derhalb wird das (als mein letzte Hoffnung), hoff ich, zu mein Wohlfahrt reichen.

Pasquillus: Ach, mein Plassenburg, ein frummer Fürst eines redlichen, aufrichtigen Gemüts kann sollich deins Herren landfriedbrüchigen, aufruhrerischen Krieg nit billigen, weil ihn kaiserlich Majestat selb in die Ächt geton und im ganzen römischen Reich als ein Ächter erkläret hat. Zumb andern kann er auch noch weniger deins Herren vertreibn, auch seiner Städt und Schlösser Einnehmung, sunderlich dein als eines Raubschloß Austilgung unbilligen. Derhalb ist es ohn Gefahr und Sorg; liegst du, so liegst du, weil du aber stehst, muß man sich der oberzählten bösen Stück und Tück noch immer vor dir besorgen. Derhalb nun Schwebel, Pulver und

Pech in dich und mit Sodoma und Gomorra und deiner Schwester Hohenlandsberg und Rauhenkolm gen Himmel geschicket! Und je eh, je besser!

Plassenburg: O Pasquille, schweig! Mir stehnt alle meine Haar gen Berg ob dem, darvon du sagst. Ich hab mich des längist verwegen, bald ich höret meiner beider Schwester Verderben. Jedoch such ich noch Fristung in mancherlei Weg durch meine gute alte Günner, zeuch auch itzund die allerbestn Saiten auf, das ich vor nie geton hab. Wo aber je nichts hilfet und müß je zum Tod gericht werden, so schrei ich Rach über den neuen Bund und über all meine Verderber, die mich Unschuldigen sambt meinem frummen Fürsten also in Grund verderben.

Pasquillus: Es ist gleich das Viech wie der Stall, sagt der Teufel, jaget er seiner Mutter Websen in Hintern. Ihr seid beid, du und dein Herr, so frumm und unschuldig wie Judas Ischariot. Derhalb entfacht wohlverdiente Straf! Dein Herr hat viel Tausend armer Leut gemacht und ohn Zahl Volks verführt und Bluts vergossen hat, und du hast dein Landscheft umb dich herumb geplündert, verbrennt, die Leut gefangen, geschätzt, erstochen, gehenket, den loblichen Bund veracht, verspott, hohngesprochen und sein Kriegsvolk hart beschädigt. Und so du nun nit weiter kannst, so schreist du Zeter und Waffen über Gewalt, sam geschäch dir groß Gewalt und Unrecht. Nun ich versich mich, die Bündesherren werden dir nicht unrecht ton, sunder fürsichtiglich handeln, dich schleifen, darmit deinem Herren und all den Seinen das Herz nehmen und darmit den Krieg abschneiden und den Krieg darmit glücklich enden. Amen.

Nach dem erseufzet das Schloß Plassenburg mit einem tiefen Seufzer, daß es gleich im Buchholz ein Widerhall gab, und gab weiter kein Antwort. Nach dem schüttet Pasquillus den Kopf, lachet und ginge sein Straß.

Also hab ich sollich Gespräch ihr beider auf das allerkürzest verzeichnet, doch nit gar nach der Schärf, wie sie es aussprachen, sunder etwas milder, darmit ich mich nit in Ungnaden versundet. Sollichs hab ich meinen guten Herren und Freunden im besten mitteilen wöllen. Anno salutis 1554, am 14. Tag Julii.